红星又一村

蔡晓菲 著

天津出版传媒集团
百花文艺出版社

图书在版编目（CIP）数据

红星又一村 / 蔡晓菲著 . -- 天津 ： 百花文艺出版社，2025. 3. -- ISBN 978-7-5306-8956-1

Ⅰ . I247.5

中国国家版本馆 CIP 数据核字第 2024EA6920 号

红星又一村

HONGXING YOU YI CUN

蔡晓菲　著

出 版 人：薛印胜

责任编辑：李　信

封面设计：吉建芳

出版发行：百花文艺出版社

地址：天津市和平区西康路35号　**邮编**：300051

电话传真：+86-22-23332651（发行部）

+86-22-23332656（总编室）

+86-22-23332478（邮购部）

网址：http：//www.baihuawenyi.com

印刷：三河市中晟雅豪印务有限公司

开本：787毫米 × 1092毫米　1/16

字数：84千字

印张：11.75

版次：2025年3月第1版

印次：2025年3月第1次印刷

定价：59.80元

如有印装质量问题，请与三河市中晟雅豪印务有限公司联系调换

地址：三河市泃阳镇错桥村

电话：（0316）3225515

邮编：065200

序 言

之前写过一些散文，也出版过书籍，但是每每翻看前辈们的文学作品，总想尝试再找一个出口去表达。也许是在小镇出生、小镇长大，外地读书以后再回乡工作的缘故，一晃三十年，我目睹了家乡的巨变，无论是经济、文化的不断发展，还是回归本真、不忘初心的乡风民俗，我希望通过一些表达，去抒发对于这片土地的热爱，也希望有更多人知道这个地方，来到这个地方，进而爱上这个地方。

我出生在昆山的一个南部小镇淀山湖镇，我的家乡自然风光甚美。周围邻居大多和睦友善，我的父亲是一位普通的人民教师，时常教导我朴素简单的道理，厚德载物、上善若水。我也阴差阳错，大学四年去了北京读书，认识了一些可爱的人，参加了许多公益活动，心中萌芽的种子找到了肥沃的土壤。现在想来，正是这四年的公益经历让我的人生观、价值观变得丰满与立体，也让我对于社会、个体有了更多探究的欲望。

源于大学的公益经历，收到不少真诚、美好的正向反馈，我坚定了一心为民的初衷。毕业后我选择回到家乡，成为一名大学生村官。这三年里，我走网格、访百姓、解矛盾，扎根民间感知市井温度，在流转的四季中收获成长与认可，也体会到在基层一线工作的酸甜苦辣。这期间也算有了稳定的收入，想着在自己能力范围内帮助更多的孩子，因此每学期开学前，我会给结对的青海孩子汇去学杂费，电子信箱中也会收到孩子们在黑板上画下的爱心与表达的感谢，这让我仿佛找到了另外一种价值与归属。

三年后，我来到昆山另外一个区镇千灯，成为一名专业民政人。这里传承着务实务勤的精神财富，时刻牢记顾炎武先生朴实归纳的考据方法，加入更多思考，学习怎么更好落实民政部门的为民政策，如何让更多老百姓受益其中。工作、生活越发忙碌，我也没有太多精力参与公益活动，但是我知道，认真踏实地对待每一位百姓，也能实现自己的价值，希望以微薄的力量让更多生在贫瘠中的种子开出不平凡的花。

休息的时候，我会把工作、生活中的点点滴滴记录下来，也投稿给一些报纸、杂志，有了一些收获，也顺利加入了苏州作协。但忙碌的工作不免有时会产生懈怠的心态，不过还好，有志同道合的前辈、伙伴们互相勉励，让自己有更多能量与信心继续在写作这条道路上走着。

算起来工作了也有近十年的时间，我一步一个脚印走着，也真切感受到淀山湖镇变得越来越好。我想，肯定还有很多像我一样，从这里出发，又回到这里的青年人。无论走得多远、无论身处何方，心中都记着自己的家乡，心中有力量，肩上有担当，这是这座城镇赋予我们的天然使命感。

小说中的红星村，是我长期生活的淀山湖镇的其中一个村庄。这篇小说是以淀山湖镇为创作原型，将红星村作为一个镇上村庄的缩影，由主人公闪闪回乡做社会实践为主线串联起整个故事，重点讲述新时代村干部范福元、大学生村官们、残疾女孩方一闻与村庄共同成长的故事。在这个过程中，他们品尝人生的酸甜苦辣，在治愈他人的路上不断找到自我的价值、实现自己的梦想，他们一同伴随村庄的经济、文化、生态等迈上新的台阶。

我希望通过这部作品，表达新青年对于乡村振兴的信心与决心，让更多年轻人有面对挫折与困境、保持初心的勇气，也督促自己继续怀着朴素干净的情怀，以积极向上的精神面貌，散发出自己的光和热，用手中的笔写出越来越多的家乡故事，与一群又一群青年人一道，接过守望的接力棒，发出属于自己的微小光芒。

目录

第一章　春姑娘

闪闪第一次看到这片湖的时候，就有一种似曾相识的感觉。格外湛蓝的天，嵌着儿时洁白成团的云，云中飞鸟三三两两，扑棱着翅膀来来去去。白日的光洒在湖面上，湖光与飞鸟相映成趣，闪闪心想，也许这就是语文课本上的“波光粼粼”吧？湖是什么颜色的呢？闪闪说不上来，湖与天相接之处，有一条若即若离的线，这线也是同一模样的光泽。

清晨的湖，偶尔会有渔船驶过。戴着头巾的大婶、啃着馒头的大爷拨开第一波晨雾，深绿色的渔网在湖中起起伏伏，渔网在大爷手中自如地翻飞着。不远处就是红星村，村民们都是相熟的，时不时听到有人对着渔船喊：“今天有鲫鱼吗？”许大妈将船朝岸边一拐，向声音方向招手，扯着喉咙道：“有，大的估计有两斤。”湖里的水干净，许大妈的鱼总是早早就被预订好，等不及船靠岸，每条鱼就有了自己的去处。

形容夜晚的湖，闪闪用学到的一句诗句打比方很贴切，就是“静如处子、动如脱兔”。湖水安静的时候，闪闪喜欢坐在岸边的草坪上，耳朵里插上耳机，伴着有淡淡湖水腥味的微风，闭上眼，心里头觉得舒服极了，不用想白天的琐事杂事，只专注于那一刻。湖也有狂风卷浪的时候，浪花狠狠地拍向岸边，手臂上、脸上总会溅到几滴湖水。往湖中间望，是没有边际的黑，沉沉的、厚重的。

离湖不远，是红星村。村委会楼高高飘扬着一面五星红旗，因为在湖边的关系，不管刮风下雨、晴天还是阴天，都会有若有若无的风在周围，那面五星红旗总是迎风飘扬。闪闪第一次来村委会，是因为手机没电了，她没想到红星村连个能充电的地方都找不到，正发愁，看到村委会，闪闪想着周六也许村委会有人在值班，就走进来试试，借根充电线充电。

透明的玻璃门开了一条小缝，里面似乎很安静，没有人在。闪闪推开门，一个清瘦的女孩子坐在那里。闪闪被自己弄出来的动静吓到了，立马和女孩子说抱歉，可是她没有回应。“好吧，可能是不认识，所以不想搭理我吧。”闪闪耸耸肩，自言自语道。可是她的目的是借充电线，明显这个女孩比她更熟悉这里，再加上闪闪自来熟的性格，还是走上去和女孩子打招呼，并说明了来意。

女孩子低着头，浅浅的眼眸轻轻抬起又落下，不说话，只是用手指往旁边一指，继续自顾自整理起一堆报纸。闪闪挠挠头，对着手机照了照：“难道自己今天的装扮看着太凶了吗？好像也还好吧，真奇怪。”不过闪闪不太在意别人的目光和看法，也许是她也遇到什么小麻烦，纯粹不想讲话呢。没什么大不了的，当务之急是充电，闪闪直接自己埋头找起来。

终于，闪闪在一个凳子边找到了充电线。插上电像是获得了满满的安全感。闪闪起身太猛，不小心撞到了桌角。“哎哟，你看我这……”闪闪起身还想和女孩子吐槽一下，没想到女孩子早已不见了，往门外看，也没有她离开的背影，就仿佛没有见过她一样。只剩下玻璃门的门缝合上了，仿佛是女孩子待过又离去留下的痕迹。此刻的办事大厅只剩下闪闪一个人，耳边只有打印机打印的声音。

这时范福元从楼上小跑下来，径直往打印机那里走去，边走边说：“闪闪，你来了。我先去开会，你先自己待一会儿。”话音未落，范福元手里拿着一堆文件，急匆匆向二楼会议室跑去，都没有工夫看闪闪一眼。

闪闪摇摇头，念叨说：“小叔可真是大忙人。”一看手机电量，只充到了百分之九，小叔这个会开下来，起码需要个把小时，怎么打发时间呢？闪闪一看，刚才那个女孩把桌上的报纸摆放得整整齐齐，那就看会儿报纸吧。小时候邮递员定期送报纸给爷爷，爷爷给闪闪读上几行，后来闪闪自己几乎没买过报纸看。没想到报纸看着看着也挺有意思，除了国家大事，也有小散文、小笑话。

几大页纸还没看过瘾呢，范福元开会结束了，提着茶水杯下楼了。这会儿闪闪的手机也充满了电。范福元递给她一瓶矿泉水，拍拍她的脑袋：“你这是戴的什么东西，眼珠子都变颜色了，眼睛早晚坏掉！晚上看我和你妈妈怎么说！”

“这是美瞳，潮流你不懂。”闪闪可不在意这些。

她知道小叔忙着村里的事，肯定顾不上管自己，她乐得自在，来村里做社会实践就当是来休闲度假了。

闪闪扮个鬼脸，和小叔挥挥手，揣着手机和矿泉水离开了村委会。她漫无目的地走着，也不知道走了多远，看到一排排高大的不知道名字的树。有棵树的顶端有一个鸟巢，咖啡色的，嵌在笔直的线条与平坦的天空之间。昨晚下过雨，路面都是泥巴，闪闪的喇叭裤裤脚沾上了泥巴，她的心情也黏黏糊糊的，不爽快。

忽然，一阵优美的旋律，穿过茂密的树叶，汇入破晓的晨曦，叫起了刚归巢的鸟儿。闪闪对音乐没有深入的研究，只单纯觉得听着心里面舒坦，心里有一股暖流在向四肢淌去，那音乐时而清浅，时而悠长，闪闪不自觉地就想闭上眼睛、放下手机，享受这音乐带来的宁静。

“会是哪里传来的音乐呢？”闪闪很好奇。村里面不是老人，就是孩子，顶多还有一些戴着头巾的妇女。这里没有舞台、没有商场，冷冷清清的，无趣得厉害。别说夜生活，就连白天，闪闪也从没有听到过这么好听的音乐。

片刻沉思的工夫，音乐的节奏起了变化，似雨天的雾气、夕阳的余晖、女子的泪珠，音符随着微风起起伏伏，散落在无处不在的空气中。她想找一找这音乐声从何而来。

她手中像是牵着一根又细又长的绳子，随着音乐声往前找去。开春了，天气渐渐暖和起来，走了十来分钟弯弯绕绕的路，闪闪觉得背心里热乎起来。沿路，纷飞的蝴蝶在叶子上浅浅停留，扑闪两下翅膀，又飞往别的花骨朵。

终于，功夫不负有心人，闪闪在湖边的一处草坪找到了音乐的来源。定睛一看，真巧了，原来这音乐的源头就是在村委会看到的那个女孩子。没想到，她还会吹曲子呢。于是，在这个初春时节，两个女孩子的美好故事就开始了。

女孩子坐在湖边的草坪上，和她在村委会给闪闪的感觉并不相似。她穿着淡绿色的袄子，乌黑的长发平顺地挽在耳后，两只手握着乐器，轻轻地上下起伏，美妙的音乐就从她细长的指尖丝滑地流淌出来。在动听的旋律中，湖心的渔船慢下摇曳的船桨，鱼儿也仿佛在随着音乐起舞，花骨朵也忍不住探出头来，听一听这来自春天的召唤。如果再来一阵春风，那整片湖、整个村庄都会成为音乐的一部分。

对了，这不就是春姑娘吗？闪闪心里暗暗想。

闪闪决定不过去打扰她。两米远处有一块大石头，表面已经被来去的人们磨平了，闪闪倚在石头上，一边用纸巾擦拭裤腿上的污泥，一边大方地欣赏着春姑娘如诗如画的演奏。正午的阳光暖洋洋地洒在湖面、洒在闪闪身上、洒在春姑娘的头发上，闪闪只觉得眼圈周围多了一层薄薄的雾，拨不开，心甘情愿沉浸其中。不知不觉，音乐声越来越远，越来越轻。

咦，怎么觉得脸上冰冰凉凉的，眼皮沉沉的。

"你好，醒醒，下雨了。"闪闪费劲地睁开眼睛，这下可好，一不留神打了个盹。闪闪挠挠头，觉得怪不好意思的。

春姑娘就在眼前，依旧是浅浅的眉，是她轻声唤醒了闪闪。“春姑娘，你……”闪闪脱口而出，才发觉自己冒失了，“对不起，我刚睡过去了，你吹得太好听了！”

女孩子笑了笑，指了指天，对闪闪说：“下雨了，早点回家吧。”说罢，就开始熟练地推动坐着的轮椅。闪闪抬头看了一眼，变天了，乌云阴沉沉的，细密的雨珠一颗颗掉落在岸边停着的船心里。也是这个时候，闪闪才注意到女孩子是坐在轮椅上，淡绿色裙摆下面，空空的。

闪闪愣住了，心里像是过了一声惊雷，她像个钉子似的，直挺挺地立着。直到豆大的雨点落到脸颊上，才缓过神来。她心里五味杂陈，抬头看去，春姑娘用手转动着轮椅的轮子，渐渐消失在雨里，正如在村委会见到的第一面一样，无声无息。

到了晚饭时间，闪闪一改往日嘻嘻哈哈的模样，一碗饭才扒拉了两口，就不动筷子了，对桌上她最爱吃的西芹百合也没胃口，放下筷子就一声不吭回房间去了。范福元加班回来，抬头发现闪闪房间的灯还亮着，心想：这小家伙，又闹哪出？

自从闪闪的妈妈拜托范福元，让闪闪来村里做社会实践，范福元就没消停过。闪闪一会儿说这个路不平整要修，一会儿说村口要弄个大雕像，一会儿又说要去拜访老党员、听老故事。再加上本来村里大大小小事情就多，村民家长里短也会来找村委会，范福元作为红星村的村支书，就更忙了，“五加二、白加黑”是常事。

所以这回，范福元也没当回事，忙了一天，又写了工作日报和计划，之后洗把脸倒头就睡了，鼾声如雷。闪闪本来就想着春姑娘的事情睡不着，这下好了，隔壁小叔这鼾声，能睡着才怪了。

闪闪翻来覆去睡不着，索性穿着棉质睡衣，趿拉着拖鞋走到阳台上。四周是一望无际的黑，湖大约也睡着了，只有湖水偶尔碰撞岸边发出的声音。闪闪不知道是幻听，还是真实听到了，白天春姑娘演奏的旋律在脑海里挥之不去，对从小还算是顺风顺水的闪闪来说，难以想象那个女孩子的经历。

此刻闪闪心里头有好多个问号：她是谁，从哪里来，为什么坐着轮椅，她叫什么名字，她吹的又是什么曲子呢？

她肯定不叫春姑娘，她一定有一个更动听的名字。但她肯定喜欢春天，因为她身上的绿色衣裳充满着盎然的生机，闪闪暗暗想着。虽然只见过两次面，只说过两句话，但她温柔娴静的性格与闪闪截然不同。闪闪想，她应该和自己年龄差不多。闪闪好想认识她，和她交朋友。

接下来的日子，闪闪多了一件事情可做。她一闲着没事在湖边散步、在村里溜达，总会下意识左右看看，看看有没有那个女孩的身影；静静听一听，有没有熟悉的旋律。可连着好几天都没见到那个女孩，闪闪有些气馁。难道女孩不住在这里，又或许她只是路过红星村。

又是一个下雨天，闪闪独坐窗前，听雨声点点、看雨打青叶。有路人撑伞而过，走入江南水墨画中。鬼使神差似的，闪闪抄起伞也往外走去。也许是担心那女孩没带伞，也许是对上回没帮忙推轮椅有一些愧疚，闪闪仿佛心里有感应，毅然往湖边走去。果然，这回终于又遇到了那个女孩。

春日的雨铺天盖地地下着，女孩明显有一些慌乱。一只手抓着手中的乐器，另一只手用力往轮椅上撑过去。闪闪也顾不上女孩会不会多想，下意识地赶忙冲过去，把手里的雨伞塞到女孩手里，雨水打在头发上，湿漉漉的。

“坐稳了，我推你！”闪闪话音未落，就飞也似的推着女孩往村里走去。豆大的雨点迎面扑过来，闪闪几乎睁不开眼睛，还好距离村委会不算远。闪闪不愧是跑马拉松的，几公里跑下来一点也不喘，只是上衣湿得透透的。

“谢谢你。”女孩递过来一张纸巾，讲话的音调有些生硬。

“没事，跑步我可擅长了，不算什么！”闪闪接着问，“你家住哪里，待会等雨停了再走吧。”

女孩点点头，指了指南边：“我家在村南面，一闻点心店。”闪闪一边擦拭雨水，一边心里一动：一闻？这么好听的名字呀。

“你好，我叫闪闪，范闪闪，很高兴认识你。”闪闪擦了擦手，大方地把友谊的小手伸了过去。女孩抬起头，轻轻回握了下，轻声说：“你好，我叫方一闻。”

屋檐下，燕子抖落翅膀上的雨珠，落脚歇息。雨声滴答，润物无声，给石板路的青苔染上了一层新绿。村民戴着斗笠，也不急着赶路，任由雨水打湿了后背。

两个女孩在村委会躲雨。闪闪有好多想问的问题，又生怕一闻觉得害怕，毕竟闪闪自来熟的性格一直被小叔范福元吐槽。一闻掏出一张纯白的手绢，悉心擦拭手中的乐器，生怕进了雨水。

“这是什么乐器呀？”闪闪没忍住，还是开启了话题。一闻愣了一下，在这个村庄里已经很久没有和她同龄的伙伴了，准确来说，自从坐了轮椅以后，她常常是一个人，一个人来、一个人去。也没有人说过喜欢她的演奏，她把静静的湖水、夏日的蝉鸣、摇曳的树枝作为听众，在音乐中拥抱自己、拥抱自然。

“我先回家了。”雨小了一些，方一闻转动轮椅，往村南方向去。闪闪拍了拍脑袋，自言自语道：“你看，范闪闪，你把人家吓走了吧。”在接下来的好几天里，闪闪没再遇到过方一闻。

在遇到一闻之前，闪闪觉得这里太平静，太无聊，没有城市里的五光十色，所以来了才几天的她，就一直惦记着离开这里，离开淀山湖。直到那一天，看到在湖边演奏的一闻，用她的旋律点缀着村庄小景，闪闪这才觉得，这个叫淀山湖的地方，这个叫红星村的村庄，仿佛没有之前那般冷清了。

芳菲时节，紫藤花开，串串花穗挂于藤蔓之间，像女子的纤纤玉手往外舒展。放眼望去，紫色的瀑布倾泻下来，清香伴着清风扑面而来。闪闪没有见过这么多、这么密的紫藤花，可是并没有人与她共赏，有些失落。

不知道小叔最近在忙什么，又是白天见不到人影，加班到很晚，也没有小伙伴陪闪闪一起玩，闪闪觉得无聊极了。

这回好不容易有了同龄人，闪闪怎么会错过呢。她没事就会骑着自行车，在村里溜达，终于在村南的一个角落发现了一闻点心店。店门脸很小，一块简单的黑板写着价格，是很秀气的字，旁边一个可爱的包子图案。店内顶多可以容纳四五个人，闪闪观察了一会儿，是一个中年女子在店里忙活，看到闪闪，还热情地招呼。

已经过了早餐时间，来买点心的人不多，闪闪摸了摸肚子，确实有点饿了，就进到店里，打算买个包子充饥。

“来，小姑娘，趁热吃，这是村里的香椿做的，可好吃了！”女子把包子塞到闪闪手里，又从笼屉里拿了一个菜塌饼，对着闪闪说，“这也好吃，你尝尝，我女儿最爱吃菜塌饼了！”闪闪往口袋里一摸，这下可好：出来没带零钱，手机也没带。这可怎么是好？

正在闪闪一筹莫展、面露难色的时候，身后传来一句：“闪闪？”一瞧，原来是方一闻。

女子看到女儿难得开心、主动说话的样子，很是惊讶，但也不敢多问，对着闪闪问道：“你和一闻认识啊，大家都在村里，尝着好吃下回再来。”能看出来，她多希望一闻可以和闪闪多聊一聊。

可是一闻只是打了一声招呼，就往屋里去了。闪闪性格大大咧咧的，倒不觉得心里不舒服。再说了，香椿味的包子是真的香，她还能吃下两个呢。就这么来了几次点心店以后，没想到闪闪和一闻母亲福婶倒先熟络了。

有时候闪闪没事做，就跑去点心店打下手。不大的门面，多了一个闪闪更显得拥挤了，再加上她也不太会做面食，经常把面揉得硬邦邦或者湿答答，福婶还得不厌其烦地返工，常常弄得福婶哭笑不得。最后闪闪还是决定：索性单纯做一个食客吧。

里屋闪闪没有进去过。白天里面很少开灯，暗暗的光线从仅有的窗户洒进去。有时候方一闻在里面，不出声，也不和闪闪说话。大多数时候一闻去湖边吹葫芦丝，只有福婶进进出出忙活着。福婶每天乐呵呵地，手中纯白的面粉从早揉到晚，揉得起劲，像是有使不完的力气。

"婶儿，我又来吃包子了。"闪闪熟门熟路地找个台阶坐下，没几口就把包子吃下了肚。闪闪抄起角落里的扫帚和簸箕，帮着福婶清扫屋外的垃圾，总有人把垃圾随手一丢，福婶得弯着腰一个个打扫，闪闪觉得应该帮把手。

嘿，忽然瞧见远处一个熟悉的影子，那不是小叔范福元嘛！后面怎么还跟着几个人？相距大老远，闪闪就扯开嗓子喊了起来："小叔，你也来吃包子吗？"

范福元明显愣了一下，摆弄了一下眼镜，左右找了一圈，才找到声音的来源，果然是这个调皮的小侄女。然后一行人就开始往一闻点心店走过来。

“这是我们村的点心店，我请大家尝一尝。”瞧着范福元一本正经的样子，闪闪在旁边偷着乐。以前一起玩黄沙的小叔，这会儿看着倒是一本正经的模样。

“范书记，您来了，我这铺子还是得感谢您，感谢村里！”福婶一边从屉子里拿热腾腾的包子，一边对着一行人说铺子怎么样从无到有。“范书记，送给你们吃，不要钱，不要。对了这是我刚做的菜塌饼，一闻爱吃，你们尝尝。”

小叔挥挥手，把钱递过去。福婶不肯收，两个人推来推去。闪闪觉得这一幕很熟悉，对，就像过年给压岁钱一样。范福元最后把钱成功硬塞到福婶手里，开始介绍起身后的人来：“这几位是刚来村里的大学生，以后有什么困难可以找他们。”

“别的没啥，就是我家一闻，哎。”福婶脱下一次性手套、抹了抹眼角。“妈！”屋里传来一闻的声音，闪闪听到也愣了一下，比之前听到的温柔的声音分贝大了不少，还夹杂着一些情绪。福婶又叹了一口气，摇摇头不说话了。

“福婶，你放心，我们和一闻年纪差不多，到时候我们一起多聊聊。”同行的一个女生说道。

“小叔，还有我！”闪闪在旁边举起手来。

范福元咳嗽了一声，对身后的大学生们说：“这是我的侄女范闪闪，这段时间在村里做社会实践，大家工作有需要配合的或者忙不过来的，都可以找她。”闪闪一看，也就比自己大几岁，直接就叫哥哥姐姐了。

“你个小家伙，倒是熟得快，以后跟着哥哥姐姐，好好干点事情出来！”范福元说完，就带着一行人继续去村里兜一圈，熟悉环境。

田间地头，大学生们一人一个笔记本、一支笔，听一路、看一路、记一路。村民们见到范福元，就“小范书记、小范书记”地叫。同行的一个男生小声感叹道：“自己什么时候也能被村民认出来就好了。”范福元笑了，仿佛看到了他第一次来红星村的那天。

第二章　新伙伴

红星村村头有一棵银杏树，听村里老人说，这棵树有上千年的历史，村里的老人们打小就在树下玩耍。圈圈年轮见证了一代又一代人的过往、一季又一季的更迭。每到暮秋初冬，碧云天、黄叶地，银杏叶金晃晃的，风吹过来，一片片叶子轻巧地落到树下，落下一场纷纷扬扬的银杏雨，给原本坑坑洼洼的泥土地，盖上了一层亮金色毯子。有时会有小猫轻巧地走过松软的银杏地毯，伴着秋意。

闪闪喜欢在树下，找完整的叶片，夹在书里。叶子上有小蚂蚁，从一片慢慢走到另一片，不慌不忙。闪闪把叶片放在眼前，又靠近耳边，似乎有微微的声音，几乎是听不到。路边拿着树枝玩耍的孩子，一不留神就把蚂蚁“发配”回起点了。观察了许久，天色暗下来，闪闪把几片落叶放在口袋里收纳好，和蚂蚁说再见，开始走回住的地方。

回去的路上，有好几座桥。闪闪喜欢坐在桥上，看湖心泛起圈圈涟漪。听范福元讲起淀山湖的桥，每座桥都有它的由来与典故。她来村不久，见过的桥不算多，崇福桥算是最经常过的桥了。相传，村民们以前去寺庙求福要经过这座桥，所以取名崇福桥。“远岸清波随月玄，上方仙梵过桥多。”闪闪还特意留心桥柱上的对联，默默许下希望家人身体健康、工作顺利的朴素愿望。

闪闪住的是村民的家。范福元来村里工作，为了方便，在村委会附近租了老百姓的房子。正好闪闪也过来，就把隔壁一间也租了下来，平日里如果范福元加班，顾不上闪闪，闪闪就去房东那里蹭饭。房东是一对老夫妻，老朱师傅原来是木匠，孩子们都去城里打工了，两层楼的房子有很多房间都空着，冷冷清清的，闪闪在家里会热闹些，所以他们很喜欢闪闪，更何况也能有些房租收入。

这回闪闪多了邻居了。大学生们大多也不是本村人，村委会肯定要帮助他们安排好生活起居，虽然比不上市里条件好，但住在村民家里，既接地气，又能和百姓多交流，是好事，也正好把老朱家的房子利用起来。两个小伙子住一间，还有一个女孩子和闪闪一间。

“太好啦，我有伴啦！可以和姐姐一起玩啦！”范福元瞪了一下闪闪。闪闪立马识相地闭上了嘴巴。可一转身，就拉着梁婕，小嘴巴不停地介绍起她所了解的这个村庄。

梁婕听了好一会儿，实在没忍住，笑着告诉闪闪：“其实，我是本村人呀，只不过很早以前就不住村里了。”梁婕接着说，“我走的时候就七八岁，村里现在的样子和之前的区别不算太大。”

闪闪才不管那么多呢，她只觉得有了伴，她也喜欢交朋友。趁着夜色还不算太晚，闪闪拉着梁婕，想出去散步，想让她看看现在的环湖大道。隔壁房间的两个小伙子也跟着一起，几个人一人一辆自行车，往湖边骑过去。

夜晚的湖边，小风这么一吹，太舒坦了。梁婕坐在岸边的草坪上，和闪闪分享她儿时的村庄。那个时候村里平房多，很热闹，孩子们会在银杏树下玩捉迷藏。

那时的村委会也只有两间房子。印象最深的，是村里人普遍条件不好，每家每户几乎没有什么大物件，物质条件虽然不那么丰富，但村支书为了让大家的精神生活丰富些，就好不容易从乡里申请来村里放电影。大人、孩子最期待的，就是大家一起看露天电影。大家从自家搬凳子，大孩子直接坐在树上看，现在想来也是挺有意思的画面。

梁婕告诉闪闪，每个季节的湖都有不一样的模样。夏天是孩子们最爱的，胆子大的就赤着脚、挽起裤脚，站在岸边的石头上，等待着浪一次比一次猛烈的冲击。胆子小的就坐在高一点的地方，拿个网兜，兜虾米玩。最冷的时候，湖边会结冰碴，倒悬在岸边石头下，尖尖的。单看一处不觉得惊艳，但沿岸全都是亮晃晃的“刀剑”，那叫一个震撼。孩子们小心翼翼掰下两个，一手一个，比赛谁的“刀剑”更长、更厉害。现在想来，那是多么简单的快乐呀。

梁婕挽起自己的裤脚，轻车熟路往台阶下走去。闪闪愣愣地看着这个看起来温柔优雅的小姐姐赤脚走在泥土里，只觉得意外，也觉得熟悉，仿佛和十多年前的梁婕“妹妹”成了朋友。

同行的两个男孩子的背影早已消失在远处，安静的空气里充斥着尽情比赛骑车的荷尔蒙，闪闪和梁婕相视一笑，男人至死是少年，这句话没错。过了许久，两个人气喘吁吁地骑回来，谁胜谁负已经不重要了。出一身汗，灌一大口凉白开，只觉得湖边的风都是甜的。

个子稍高一些的男孩子是大学生，叫金辰。另外一个脸圆圆的、胖一些的男孩子叫石晓磊，也是大学生。

一个不留神，闪闪骑上了自行车，给梁婕来了一个眼神，两个女孩子就像离弦的箭一般冲了出去。闪闪只留下一个挥手的动作：“有本事，和我们俩也比一比。”

好家伙，原本空空荡荡的马路上，开启了一场没有结尾的竞赛。四个青春洋溢的学生，脚踩得飞起来，你追我赶，闪闪闻到了一种真切的、畅快的味道。也对这三位仅有两面之缘的哥哥、姐姐有了更多的了解。闪闪心里暗暗窃喜，终于在村里不孤独啦。

当然她还惦记着方一闻。回去的路上，闪闪和他们聊起她所了解的方一闻，梁婕说："我也是从小就出的村，所以对她不了解，只是偶尔听家里人说起过一些事情。"顿了顿又说，"改天有空，我们可以找一闻聊聊天，也可以去点心店里找她。"

闪闪点点头，高兴地喊出了声："一闻守护小分队队伍又壮大啦。""什么小分队？范书记难道是队长？"金辰在一旁问。

"范书记当然也是队长，是我们的大队长！"石晓磊总是反应很快，两个人你一句我一句，聊得很过瘾，像是认识很久的朋友。

听家里人说，小叔范福元是红星村的第一位大学生。镇上来送录取通知书的时候，村里挂红旗、敲锣鼓，热闹极了，算是村里几十年来的头等大事。小叔大学毕业以后有分配的机会，是到市里文联工作，他学的专业也是和文联对口——汉语言文学。但是他和老师聊了聊，聊自己的想法、对建设家乡的理想抱负，愣是放弃了在家里人看来可以光耀门楣的机会。

最后他选择拿上所有行李回到老家红星村，参加村干部推选。闪闪依稀记得，奶奶当时情绪比较激动，气得高血压都犯了。爷爷是个明白人，有些文化，就算是默许了这个事情，还帮着小叔回乡，和家里父老乡亲认识认识。遇到选举，小叔一鼓作气，竞选成功，当上了红星村的村干部。

到现在，也有七八年时间了。原本皮肤白白净净的范福元，已经完全融入了村庄，操着一口本地话，皮肤晒得黝黑，还穿着上大学时的牛仔裤，和往来的老百姓聊得来，也谈得拢。那个时候每次过年，小叔遇到闪闪，就和她念叨村里的工作、村里的人，滔滔不绝。所以那个时候，红星村这个名字就印在了闪闪的脑袋里。这回学校让参加社会实践，闪闪第一个就想到了红星村、想到了小叔。闪闪妈本来不放心，但一想到有范福元在，就一百个放心。

听范福元说，以前的红星村污染挺严重的，空气里总会有难闻的味道。湖里也不干净，也没有人管理，常常是随手丢的垃圾都发臭地浮在湖面上，那些年湖里的鱼都少了许多。

“现在可比我小时候那会儿好多了！”梁婕感叹道。

闪闪突然觉得很自豪，说：“这么看来，小叔当年的选择是对的！”

石晓磊骑车赶上来说：“我们来了，希望我们可以让红星村变得更好！”

“会的，更好。”闪闪心里暗暗想着。

到了老朱师傅家门口了，他们四个人小心翼翼地上楼，一楼房间的灯已经熄了。村里的夜生活是几乎没有的，闪闪还在适应的阶段。闪闪和梁婕的房间是有一个小小的阳台的，闪闪有点兴奋，睡不着，就一个人待在阳台上，听黑暗中浪涛拍打岸边的声音。闪闪很好奇：严冬的湖会是什么样子的？她见过《年鉴》上的照片，还以为是东北哪里，原来是南方这个名不见经传的小镇。

这时，闪闪闻到一股臭味。是老朱师傅把垃圾放在了家门口，天气热，苍蝇嗡嗡乱飞。闪闪眉头紧锁：村里人都挺好的，只是这个老习惯还保留着，每次垃圾随手一扔，冬天天气冷还好，一到温度回升，雨下多了，就发出阵阵恶臭，闪闪每次都离得老远。

还有工厂里的建筑垃圾、废旧砖头和水泥也是随便一丢。要是有种魔术能直接把垃圾变走就好了，闪闪心里想。明明湖边有浮萍依水而生，再加上时值谷雨时节，翠色湖光却因为这若有若无的熏人味道，失了几分诗意。

“小叔，这里垃圾有点多。”范福元正好也在隔壁小阳台上，闪闪直接抱怨道。

范福元叹了口气，说：“会慢慢好的，会的。”其实之前的老支书也不是没想过处理垃圾，还花了钱清理，专门有人每天收倒，可是乱扔垃圾的情况没有太多改变。清理工工资很低，也找不到人来干。也试过让村干部包干，但是村里事务繁多，他们分身乏术，就这么耽搁下来了。

作为土生土长的本村人，在村里做工作，好处就是环境、人都熟悉，存在的问题也了解，但是要一碗水端平，如果遇到难解决的问题，容易被亲情、友情牵扯。就拿环境卫生、垃圾处理这件事来说，村民们说这是习惯，眼睛一直盯着范福元的几个亲戚家，他们做不到，大家就更做不到了。

范福元和闪闪有不一样的地方，闪闪从小就随父母在北方生活了，对红星村几乎没有印象。范福元出生在红星村、长在红星村，爬过每一棵村头的大树，摸过鸡圈里的土鸡蛋，唱过口口相传的打油诗。每次听范福元说那时的红星村，闪闪脑海中就浮现出一幅诗意画卷，那是纯粹的、没有污染的世外桃源。

忽然，听到楼下有微弱的哭声，范福元立马下楼去看。看到一只小猫，浑身脏兮兮的，在垃圾堆里翻找。小叔是个心肠软的人，他顾不得脏和臭，把小猫抱起来，倒了些温水，小心翼翼擦拭着小猫。

闪闪喜欢小动物，小叔正愁着没时间养小猫，就把小猫暂时托付给闪闪。“想个什么名字好呢？有了，就叫葫芦吧！”

“葫芦、葫芦，你好呀，葫芦。”有了葫芦，闪闪的社会实践生活更加丰富多彩了。环湖大道上、田间地头里、桃园泥塘边，闪闪带着葫芦走过每一条道路，虽然一开始小猫跑不了太快，但在闪闪和伙伴们的精心呵护下，小猫性格变得越来越活泼，不再怕人，最爱黏着闪闪。

突然有一天，小猫不见了。闪闪急得快哭出来，一直在责怪自己没看好葫芦。她找了许久，最后竟然在一闻点心店看到了葫芦。只见它躺在方一闻的轮椅边，时不时蹭蹭她的裤脚。

小叔说，方一闻的脚不是先天就这样的。以前她还是个挺活泼的孩子，皮肤白白净净的，邻居们都喜欢叫她小闻子。后来，父亲外出打工，回来动不动就对母亲又打又骂。邻居们实在看不下去，帮着劝，就被连带着打，这谁吃得消？从那以后，没人愿意再过问。小孩子什么都看在眼里，时间一长，一闻变得闷闷不乐，不再主动说话，整天魂不守舍的。有一次过马路的时候一不留神，被车撞了，醒来以后就没有双腿了。

“这孩子耳朵也听不清了。”范福元叹气道。

“耳朵？什么耳朵？你说方一闻吗？”闪闪不敢相信自己听到的。

在医院，一闻父亲听说医药费要大几万，直接一个巴掌打过去。方一闻像是打了麻药似的，动弹不了。也是那个时候，一闻母亲终于下定决心，离婚，哪怕最后家里值钱东西都被他带走了，她也没有后悔过。只是后悔没有挡住那一巴掌，反正从那以后，一闻的耳朵就听不清声音了。这件事发生后，方一闻的父亲被判了刑。

村里看母女二人生活确实艰难，也没个经济来源，靠亲戚朋友救济也不是个事。正好福婶做饭手艺不错，也能吃苦，在村委会帮忙下，把家里的小平房改成了里外两间，外面那间当点心店，叫“一闻点心店”。村里人都默契地照顾一闻家的生意。福婶手艺确实不错，每日都是新鲜的食材，猪肉、面粉、青菜，一个个热气腾腾的大包子，皮薄馅大，美味极了。

娘俩的日子这才算稳定下来。福婶脸上的伤疤慢慢愈合了，笑容也多起来。只是一闻的性格还是那样内向，不愿意说话，不愿意出门，最远只会去湖边吹吹葫芦丝。福婶早上忙活着做点心，装点心，她就帮忙找零钱，守着点心店。

闪闪望着方一闻空荡荡的裤管发愣。缓过神，又看了看自己脏兮兮的板鞋，也就是这个时候，闪闪第一次明白，没办法做到真正的感同身受。方一闻吃的苦太多了，没办法自如行走，不能像同龄人那般走走跳跳、嬉笑打闹。闪闪想从背后拍拍她，一想到一闻听不清声音，会不会吓一跳，所以又收回了右手，迈开脚也不是，伸出手也不是，闪闪一时间有些不知所措。

葫芦发现了自己的小主人，喵了一声，就跳到了闪闪怀里。“你个葫芦，下回还这么调皮吗？”闪闪轻轻拍了拍葫芦的屁股，葫芦只顾着撒娇，在闪闪怀里蹭来蹭去。

一闻这才发现了闪闪。不同的是，一闻眼睛里多了一丝羡慕，这里面掺杂了很多东西吧，闪闪不知道如何开口。

“她叫葫芦吗？真有趣。”这回倒是方一闻先开口了。这可好，打开了闪闪的话匣子。

“你能听到？”闪闪刚想这么问，又觉得会冒犯方一闻。福婶告诉过闪闪，方一闻虽然耳朵听不清，但是基本的唇语可以理解。

“对，是我取的名字哦，你知道吗……”闪闪也顾不得一闻什么表情，从头到尾，把发现小猫、收养小猫的过程都讲了一通，差点把小猫每天吃多少食物都交代清楚了。一抬头，一闻捂着嘴笑呢。闪闪挠了挠脑袋，不知道说到哪里了。

“你要抱一下葫芦吗？”闪闪问。

一闻挥挥手，可目光里还是流露出渴望，闪闪直接把葫芦放在方一闻的怀里。午后的阳光暖洋洋的，葫芦依偎在方一闻怀里，她穿的是中式的袄子，上面的白毛和葫芦的白毛，糅杂在一处，分不清彼此，泛着清澈却不耀眼的光泽。一闻轻轻抚摸着葫芦，眼里满是爱意。

福婶拿了两个包子出来，硬要塞到闪闪手里。“闪闪，我听一闻一直念叨你，有时间你就多来玩玩，好久没看到一闻这么开心了。”

葫芦跟着闪闪，一道走了。闪闪回望一闻点心店，方一闻又恢复了一个人的落寞，从轮椅旁边的帆布包里掏出葫芦丝，也不吹，只是放在怀里，来回抚摸着。仿佛她又回到了自己的小世界里，闪闪和葫芦只是片刻的过客。

闪闪攥着两枚硬币，打算去点心店给福婶，范福元非要让闪闪把包子的钱送过去。葫芦又不知道去哪里野了，方一闻看到闪闪的时候，还往对方身后找了找。

“估计它又去桃园里了。”闪闪估摸着。

“桃园，我很久没去了。现在桃花开了吗？”方一闻自言自语道。

除了湖边，闪闪最喜欢的就是桃园了。现在开春，花苞渐渐冒出头来，叶子也从黄色渐渐染上了绿色。桃园是村里老李家的，散养些鸡啊、鸭的，不少市区里的人都早早预定好了，每回来都带走一提一提的鸡蛋。桃园门口有一只旺财守着，不过都是乡里乡亲的，都认识，闪闪去了几回，旺财也不叫了，对着闪闪直摇尾巴。葫芦和旺财也认识了，两只小动物正在桃园里撒欢呢。

闪闪猜想，因为腿和耳朵的关系，方一闻只能局限在这一亩三分地。待在点心店，有闲聊的大爷大妈，有路过的孩子，福婶总是热情地打招呼，对方免不了说几句心疼一闻的话，说着说着就扯远了，什么女孩子大了要嫁人、可惜之类的话。每到这个时候，方一闻就在里屋不出来，等人群散去，带上葫芦丝去湖边，把少女的心事以音乐的方式倾诉给大自然。

方一闻也有梦想，只是没有告诉过任何人，她希望有一天可以用双脚来丈量这个村庄，用耳朵聆听每一个角落的声音，用音乐表达每一种情绪，让越来越多的人知道这个美丽的村庄。虽然对她而言，这梦想更像是春日的一场漫长且没有尽头的吹泡泡表演，缥缈、虚无，带着光，下一秒就会消散在空气里。

闪闪跟着一闻的轮椅，到了桃园。老李师傅正握着大剪刀，对着桃树枝咔咔一顿修剪，剪下来的枝叶堆在田埂上。葫芦、旺财闹作一团，把修剪下来的枝叶搅得零零碎碎的，老李师傅佯装拿着剪刀吓唬旺财。

看到闪闪和方一闻，老李师傅脱下手套，去鸡窝里掏了两个新鲜的鸡蛋来。

“这可是新鲜的，带回去尝尝。”老李师傅乐呵呵道。

闪闪一招手，葫芦就乖乖回来了。先是到闪闪脚边蹭了蹭，继而窝到方一闻衣服里。方一闻也不介意葫芦脏兮兮的脚丫子，从帆布包里拿出纸巾，细心地把脚爪擦干净。

“老李师傅，什么时候桃花会开呀？”闪闪问。

老李师傅手里的活不停，回答道：“开花还早呢，等结了果子，欢迎你们来品尝！”

“好，就这么说定了！”闪闪这么想着，伸出手，摸了一下嫩叶初露的桃树，泥土的芬芳从指尖传递到鼻中，这是春日盎然的生机，是自然的生命力。闪闪已经能想象到满园春色、果实累累、花香四溢的画面了。方一闻应该也想到了，她拿起包里的葫芦丝，心中有久违的创作灵感。她想飞去湖边，尽情吹奏。

出发吧！方一闻抱着葫芦和葫芦丝，闪闪奔跑着推轮椅。找到一处干净平整的草坪，闪闪和葫芦在一旁晒太阳，方一闻闭上眼，仿佛在将自己与周围的环境融为一体。不一会儿，优美的音乐声从她的指尖飘出来，时而激扬、时而舒缓。闪闪想，该如何描述这动静相宜的场面呢？葫芦在湖边和芦苇互相逗趣，闪闪抱着膝盖坐在草坪上，方一闻安静地吹奏着。有蝴蝶听到了音乐声，飞过来，停留在草坪上，葫芦又忙着开始扑蝴蝶。闪闪心里想，这是春天里最惬意的时刻了吧！

是缘分吧，葫芦丝与葫芦。就这样，葫芦成了守护一闻小分队的重要成员，每回只要葫芦在，方一闻的心情就很欢喜，连福婶也夸葫芦是她们家的福星，一有剩下的肉渣，就投喂给葫芦吃。葫芦从小小的一只，像是充了气的气球一样，变得白白胖胖的，受伤的脚也好了不少。

“谢谢福婶，葫芦都快可以当点心店的包子代言人了，哈哈！”“是代言猫，哈哈！”闪闪和一闻、福婶相熟起来，点心店多了不少欢笑声。葫芦有时候会溜去点心店，吃好吃的。如果福婶有事出去了，葫芦就在店里陪着方一闻。有葫芦的陪伴，一闻不再那么孤单了。

第三章　繁星下的梦想

其实闪闪一直很好奇：方一闻听不清声音的话，是如何去把握音色和音量的呢？语文课学过贝多芬与音乐的故事，可是葫芦丝也可以吗？究竟是如何实现的呢？闪闪一直想问，但是又生怕触碰到方一闻心中敏感的地方，她就把这个困惑讲给梁婕听。

梁婕在大学里辅修过音乐，对音律有一些了解，她知道要演奏一首好乐曲，要练习很长时间，不管是对拨弦、触键力度的把握、对情绪的表达抒发，还是对乐曲整体起承转合的理解，都要花很多时间、精力，更何况音乐还特别讲究天赋。

听完闪闪讲述的方一闻的故事，梁婕很惊讶。因为从她的认知来说，如果耳朵听不到，是没有办法演奏的，更何谈创作？

“改天我带你去，你们认识认识呗！”闪闪接着说，“正好金辰和晓磊哥刚来村里，对这里还不熟悉，再说了，我们一闻守护小分队当然要去认识一下主角啦！”梁婕有点顾虑，但是她觉得闪闪说的也没错，人多一点更热闹。

不过三位大忙人很难凑一起，因为范福元给三位大学生都明确分配了任务。梁婕负责村里的精神文明宣传工作，金辰负责党务，石晓磊配合范福元做农村经济这一块。

有时候村里忙，赶上加班，范福元就请他们去村口吃碗夜宵面，聊聊天。范福元只比他们大几岁，能和他们聊到一起去。闪闪嘴馋，就跟他们一起去，也正好可以听听前辈们的学习工作感悟，就当是社会实践生动的一课了。

石晓磊一碗面条下肚，还不够，看来是跑村里工厂跑累了。“书记，说实话，我觉得大学里的专业和毕业后找的工作不相符，这应该是大概率事件吧，您大学学的是什么专业？”

范福元给石晓磊夹了一筷子红烧肉，说：“我算是专业变化挺大的。”

“小叔算是弃文从武了吧！”闪闪灌了一大口雪碧，说道。

刚添了一碗米饭的金辰说：“我在大学学的是工科，但是我个人喜欢设计什么的，后来实习也是在设计类的岗位，现在到了村里，发现自己的爱好可以施展了，这挺好的！”

范福元接着说：“是的，其实专业所学和工作内容不一定对口，但是学习的过程对实践很有用，尤其一些理念和想法与实际工作是互通的。”

一阵冷风吹过，春日的风有时也挺有杀伤力的。梁婕在一边发呆，没有加入桌上话题的讨论，只是在一旁逗着葫芦玩。

“梁婕，你是多大离开村里的？”石晓磊问她。

“上中学吧。”石晓磊原本还想接着问，范福元看时间也不早了，就让大家早点回去休息。

梁婕没有和大家一块回去，她去了一闻点心店。自从到外地上了中学，村里就没有再回来过。这次分配，她没有想到是就近分配，她是本村人，所以就回到了红星村。但是这里的人和物对她而言，早已不再是曾经脑海中的模样了。

再沿着小路走，走到环湖大道。其实小时候的她不喜欢这里。这里没有先进的教育理念，没有优良的生活条件，以至于青春期的她到了全新的环境，课程跟不上，每次英语老师提问，她的口语总是被同学取笑。同学们课间交流的明星、流行音乐，她也没听说过，没有办法融入。

那三年她独来独往，忍受着没有朋友的孤独，忍受着旁人的冷眼与嘲笑。说心里话，她无数次抱怨过出生的环境，想不通为什么自己是村里人、乡下人。但是她心里清楚，出生是没有办法选择的。

所以梁婕是抗拒回村的，对于闪闪热情的关心也是若即若离。如果要说归属感，红星村对于她来说，算不上回家。刚来的时候，她其实是不想让其他人知道她出生在这里，但是个人情况表上有。可即便如此，她并没有对当下的村庄有所偏爱。

刚回村那几天，闪闪拉着她去环湖大道、去桃园的时候，她脑海中闪现的是学生时代不愉快的经历，是那些独自熬过的日子。春日的和风、荡漾的湖水、飘香的花朵，不在她的眼中。

路过一闻点心店，店门被用简单的木门闩关着。透过门缝，能看到做包子的锅碗瓢盆整齐码放着。梁婕念着点心店的名字，忽然想起闪闪和她提过的一闻守护行动，有些好奇：究竟是怎样的一个女孩子，在经历了身体、家庭多重磨难之后，还能够去拥抱音乐、创作音乐呢？

没想到，梁婕一转身，耳边传来音乐声。定睛一看，眼前是一个穿着居家服的女孩子，黑色的头发又长又直，坐在窗边，捧着葫芦丝吹呢。吹得忘情，她压根没注意到梁婕的存在。静谧的月光洒下来，像一幅江南水墨画，就这样，两个女孩子，一个在明，一个在暗，通过音乐，仿佛找到了同样的频率。估计是有些着凉了，一闻的气息接续得不是特别好，即便如此，梁婕依旧听得出神，听到最后竟然觉得眼眶湿湿的。

梁婕回来和闪闪说：“方一闻的音乐是有温度的。”

“音乐的温度？我不懂，反正我也觉得好听！”闪闪递过来一片嫩绿的叶子，给梁婕展示，“这种叶子也可以吹出声音的，下回我要给一闻配音！”

梁婕没忍住，笑出声来。她看着眼前这个不谙世事的小妹妹，有些羡慕：多好呀，无忧无虑的。

别看闪闪平常大大咧咧的，其实心也挺细的。梁婕略显沙哑的声音和红红的眼眶，让闪闪猜到梁婕是哭过了。可是因为什么事情哭呢？她不知道，只知道逗梁婕笑就好了，闪闪希望身边的每个人都是幸福的、开心的。

闪闪拉着梁婕，一起吹叶子玩。梁婕摆摆手，有些累了，不过看闪闪这么兴致勃勃的，再加上马上周末了，就提起精神陪闪闪。周围安静极了，闪闪没一会儿便困得睡着了，梁婕倒是来了精神，睡不着了。她身上盖着毯子，坐在小阳台上，听风声，直到凌晨老李师傅家的鸡叫了，才有些许睡意。

迷迷糊糊地，梁婕做了一个梦。梦里的一切依旧是黑白的，熟悉的课桌、熟悉的孤独，但是在梦的一角，仿佛隐隐约约有一束光透过来，久违的，算是做了一个挺美的梦。梁婕不知道，回到村里，认识闪闪，认识这些可爱的人，将会是治愈的开始，是和解的开始。

现在，每次梁婕在村里走访，都会下意识路过一闻点心店。虽然方一闻不认识她，但她还是会主动招招手。遇到闪闪提到的可以吹响的叶子，也留心带一片给方一闻。

有时候，闪闪看到方一闻去湖边吹葫芦丝，就会拉上梁婕过去，梁婕也喜欢听。听着舒缓悠扬的音乐，望着波光粼粼的湖水，整个村庄仿佛加了一层淡雅的滤镜，梁婕原本抵触的心态也得到了缓解：也许村庄变了，也许可以尝试接纳这里。就这么吹，吹过桃花纷飞的“桃花源”，吹到每一个路过的人的心上。

“一闻，这是梁婕，你见过的。”闪闪介绍道。

“一闻，你好，很高兴认识你。”梁婕竖起大拇指，接着说，“你吹得很好听！”

方一闻轻轻点点头，说了声“谢谢”。休息了一会儿，她又继续吹了一首，与刚才的舒缓不同，这首曲子十分激昂，仿佛有浪涛拍岸之势，小小瘦瘦的身体里竟然可以迸发出如此大的能量。梁婕很惊讶。就连葫芦都听得热血沸腾，一个劲地从东窜到西，从西窜到东，一刻不停，身上的毛都立了起来。闪闪灵机一动，转头问梁婕：“姐，你是不是也会乐器呀？正好可以一起呀，我和葫芦给你们伴舞！”

梁婕赶忙挥挥手，说：“那都是很久以前的事情了，不提了。”

闪闪最喜欢的就是周五晚上，几个哥哥姐姐没有太多事情，可以陪着她在村里溜达。金辰有个帐篷，自从来到红星村，就想搭个帐篷露营，感受湖边野炊带来的快乐，只是平常太忙，也没这个闲心。闪闪一听，立马化身行动派。

金辰和晓磊选址，负责搭帐篷，闪闪和梁婕采购食材，准备吃的、玩的，没一会儿就布置好了。虽然是临时找的木头桌子、塑料坐垫，但还是挺像回事。梁婕不愧是有审美眼光、有想法的人，还从老李师傅那里找了剪下来的树枝，打算搭起来弄一个迷你篝火堆。搭是轻易搭不成的，葫芦一直在旁边捣乱，衔了一根又一根树枝放在边上，仿佛要建一个自己的秘密基地。

闪闪像看艺术作品似的，绕着帐篷走了两圈，感觉好像还缺点什么。对了！一闻！闪闪像是撒开腿的兔子，嗖一下就跑不见了，连葫芦也追不上她。

来了！守护小分队的主角来了！不得不说，在闪闪的带领下，这个春天，方一闻认识了梁婕，这次还认识了金辰和石晓磊。忽然她觉得村庄没有那么安静、寂寥了。自己的音乐还有他们一起欣赏，多好啊！

黄昏时分，温热的阳光落下来，整个湖面也染成了金黄色。微风拂过帐篷，发出窸窸窣窣的声音。抬头是一棵大树，正好挡住了些许凉风。席地而坐，感受大自然的光与影，安静得很，也不觉得尴尬，汲取着来自大自然的能量，满足、幸福。刚才福婶塞过来的大麦茶也派上用场了，泡上一壶，倒在豆浆杯里，啃一口大包子，朴素的食材换了环境，都变得不同寻常起来。

开始做游戏，输的人表演才艺。几轮下来，就数金辰和石晓磊输得多。三个女孩子听着五音不全的两个男生唱歌，互相笑笑。这哪里是对他们的惩罚，对听的人来说才是惩罚吧！一群人熟络起来，方一闻也笑了。

方一闻终于输了一回，闪闪别提多高兴了。

“来一个，来一个！”闪闪起哄道。方一闻红着脸，有点不知所措。梁婕赶忙解围：“这样，我唱一首歌，一闻帮我伴个奏吧！”

水声、音乐声、歌声，交织在一起，真好呀！空气里飘着自由、飘着青春，如果时间可以按下暂停键，那该多美啊！

夜幕降临，“偷得浮生半日闲”，在湖边的每分钟都像是“偷”来的。他们都舍不得离开。借来老李师傅的一盏大灯，放在帐篷里面，大灯发出昏黄的光，几只蛾子飞了过来。帐篷以外，抬头望，头顶上是一片绝美的星空。

金辰是北方人，平常也是住城市里，闪闪除了很小的时候回来过，基本也在市区里生活，他们很少见到这么清爽美丽的星空，张大着嘴巴，贪婪地拥抱着满眼的星光。石晓磊和梁婕都在郊区、乡下住了蛮长时间，所以见怪不怪。不过配上这湖、伙伴，多了诗意。

“你们倒好啊，不叫上我！”是范福元的声音。

金辰他们下意识想起身。“坐坐坐，我这算不请自来。”不管工作日还是周末，范福元都习惯晚上兜一圈，看看有没有意外情况，大多数时候没有什么情况发生，那就当是散步了。今天路过环湖大道，看到有篝火，有帐篷，还想着过来提醒一声注意安全，没想到是村里的这几个小家伙。

范福元难得有闲心，和小家伙们坐下来聊聊梦想。他在村里土生土长，村里的所有情况他可以说非常了解，当时一起上大学的同学很多去了市里上班，也有去企业、出国的。他的成绩算是不错的，毕业的时候辅导员找他谈过话，说如果不想去文联，当时还有当地一家挺大的企业可以推荐，辅导员想推荐范福元去。可是范福元犹豫之后，还是选择了回乡。

“谈不上理想吧，只是想对得起这片地方的人和这个地方。”范福元望了一眼星空继续说，“如果非要说有什么愿望，那就是仰望星空、脚踏实地吧。”闪闪相信小叔范福元做出这个选择，是真心实意想为村里、为乡里乡亲做些事情。

他继续回忆小时候，说那时家里穷，学校里的学费总是最后一个缴。不过村里的费老师体谅大家，有的缴大米，有的缴玉米，老师也都笑着收了，让孩子们继续上课念书。范福元只能带着家里的玉米面来，补上最后一点学费。

课间，费老师看到哪个孩子的裤脚破了，还会拿起针线，帮着缝一缝。因为村里的孩子，他们不少人父母都在外地打工，费老师像父亲、又像母亲，关心着大家。印象最深刻的是，儿时的范福元坐在石头上，费老师和他聊长大以后的梦想。

范福元摇摇头，说不知道自己的梦想是啥。费老师摸了摸他的头，温柔地说："走出去，我希望你们呀，都可以去看看外面的世界。"

范福元好奇地问："那为什么你要回来呢？"

费老师笑了笑，不说话。那个时候的范福元还不明白，直到多年以后，拖着行李回家，踏上这片土地，回到故乡的时候，他明白了曾经的种子，早已在他心里开出了花。或许此刻的他，又给别的孩子种下了新的种子，等待花开，一代又一代。

梦想？闪闪想，自己的梦想是什么呢？想了半天没想出来。

“一闻，你的梦想是什么？”闪闪转而去问方一闻，闪闪是真心想知道方一闻的梦想，看看自己能不能使上劲。

方一闻摇摇头，不说话。她看了一眼自己的轮椅，握着手中的葫芦丝，恢复了往日的安静。梁婕看出了她的落寞，开口说：“也不早了，要不我们回去吧，福婶该担心了。”

梁婕和闪闪负责送一闻回去，范福元和两个男生收拾帐篷和其他东西。这时一个浪头打过来，水溅到他们的脸上。

乡间小路，路灯散发着微弱的光，家家户户早已关灯睡觉了。三个女孩子在路上，闪闪和梁婕聊一些有的没的。方一闻没有加入话题讨论，闪闪一度以为她太累，睡着了。快到一闻点心店的时候，忽然方一闻说：“其实很羡慕你们，我也想有梦想，只是……”话没有说下去，梁婕和闪闪互相看了一眼，她们知道接下去的话是什么，可是也不知道怎么安慰她。

一闻点心店的灯还亮着，福婶不放心，坐在窗户那边打盹，边等着。福婶才四十来岁的年纪，白发都已经爬上了头，每日揉面、择菜，手上生了老茧。看着福婶，一闻说：“希望我妈可以不要这么累，有一天我也可以帮上忙。”

梁婕说：“范书记是有想法的，我看之前的材料都是他自己写的，里面写到对红星村的打造方向，涉及面很广，有农业发展、文旅融合和归巢计划等。”她接着说，“村子会越来越好的，一闻点心店也会越来越好的。”

闪闪才知道小叔范福元为了红星村这么费心费力，她忽然觉得自己也要尽自己的能力去帮助小叔，为村庄的建设出自己的一份力。

“是的，你要相信小叔，他说到做到。”闪闪接着说。

“谢谢你们啊。”福婶出来，接方一闻进了门，临走时又塞了一大袋大麦茶给她们。

第四章　最美庭院行动

第二天清晨，闪闪第一回不是被桃园里的公鸡啼叫声喊醒的，她是被星空下的梦想喊醒的。这是她来到红星村做社会实践这么久，第一次对做一件事、对一个目标有这么清晰的方向，带着一腔热血和澎湃的激情，闪闪开始了行动。

从哪里开始呢？闪闪心里灵光一现：村里面每家每户门口太脏乱了。爷爷奶奶那一代人习惯把垃圾扔在家门口，村里也没有资金雇专人做环境卫生。每次闪闪都会被房子门口的臭味熏得头疼。要不就从家门口的卫生着手吧！

闪闪兴冲冲地去村委会找范福元，想把这个想法和他说一说。漫步在石板路上，手指轻拨叶子上的露水，见万物生长，感春意萌发；一路上看田间作物欣欣向荣，看溪水潺潺，浸润在绿林水汽之中；粉墙黛瓦也仿佛喝饱了，显得更加灵动美好。如果每家每户家门口都干干净净，那村庄肯定能变得更美好。

刚进门，遇上小叔着急出门，他要去市里的企业走访学习。范福元简单听了两句，想到梁婕正好负责村里文明宣传这一块，给闪闪留下一句“去找梁婕商量”，提着一袋子宣传资料就走了。

梁婕正在布置村委会的宣传栏，一手拿海报，一手拿剪刀。原先的宣传栏基本上是白纸黑字的年度计划、总结，现在添了很多巧思，设立了善行榜、小村大事、趣味生活小贴士等板块，村民们愿意停下脚步，也多了许多津津乐道的谈资。

闪闪搬出两个小板凳这么一放，就开始了她的路演。总的想法是提出组建“庭院收纳”小卫士，招募村民积极参与，自发对周边庭院进行整理，提升村庄整体环境卫生水平，对招募人数、片区划分，也做了统筹。

梁婕坐下来一听，乐了：没想到这个小家伙真的开始行动起来了。夺人眼目的光从闪闪的眼里释放出来，是坚定、有棱角的。她手舞足蹈畅想着未来整洁美丽的红星村，边说边把熬夜绘制的思维导图给梁婕看。

多好呀，赤忱的初心坦坦荡荡。虽然整个行动的方案还不是特别成熟，梁婕被闪闪感染了，想了一会儿，说："可以以一方庭院为基础，挖掘示范户，以示范户带领全村村民，营造生态良好、乡村文明、美丽宜居的村庄图景。"

"怎么激励呢？"梁婕用眼睛的余光看到宣传栏，两手一拍，"有了，可以再细化一下方案，比如可以在宣传栏增设一处最美庭院榜，增强大家的积极性。"

梁婕很支持闪闪的想法，金辰也觉得这个想法不错。尤其是金辰，他虽然是男孩子，但很讲究卫生。房间里收拾得整整齐齐，床单、被罩每隔一段时间就自己洗，虽然平日里在村里工作难免脚上、身上有泥巴，但是睡觉前总会把鞋子、衣裤打理得干干净净。

石晓磊就不太一样，做事没问题，就是有些邋遢。有时候觉得累了，连衣服都不换、脚也不洗，直接躺床上睡了。金辰每回看到，都捏着鼻子直摇头，恨不得在房间里安一个空气清新器。

更别提每家每户门口堆的垃圾了。金辰每次入户走访，临走的时候都会把垃圾捎走，或者和爷爷奶奶委婉说一句。但是几十年传统的做法和固有想法，太难改变了。哪怕每次上门都和他们说，也没有太大效果。

梁婕问闪闪："怎么忽然有了这个想法？"

闪闪只是觉得，那天晚上的聊天分享，忽然给了她一些震动，曾经无忧无虑的自己，哪怕来村里做社会实践，其实也没有特别上心。可是看到这些为了村庄努力的哥哥姐姐，觉得自己应该用自己微小的力量，共同为乡村建设出力，哪怕只能发一点点的光，让这个村庄有一点点改变。

晚上，范福元回村了，坐下来听了他们的行动计划，也觉得是个不错的方案。他建议闪闪当最美庭院行动的带头人。当然这里头也有点私心，范福元觉得闪闪没有正事，整天在村里像个无头苍蝇，得给她实打实压点担子。

接下来，大家伙帮着一起细化方案。大家一致觉得“庭院收纳小卫士”这个想法不错，但是名字不够响亮……有了，就叫“最美庭院行动”！这样和“最美庭院榜”有一个呼应。

闪闪信心满满地说：“现在只是1.0版本，以后肯定还有2.0版本。我们不单单要把绿色环保宣传到老百姓家门口，更要延展到户外、湖边，这些都是绿色村庄的一部分。”

范福元没有打断闪闪的话，但他告诉闪闪：“一口肯定吃不成胖子，要一步一步，脚踏实地。”说完就回到办公室，他要把上午走访企业的一些情况好好梳理一下。红星村的发展何去何从，他作为书记压力是最大的，他丝毫不敢懈怠。

闪闪兴致勃勃地在电话里和妈妈念叨了自己的想法。闪闪妈也乐了，没想到眼里的小娃娃也能给村里添砖加瓦了，直言下回她也要来红星村参观，验收成果。

“保证完成任务！”闪闪个性要强，听小叔和妈妈这么说，更是激起了斗志。她决心这一回一定要做出点成绩给他们瞧瞧。

通完电话，闪闪知道万事开头难，如果大面积铺开宣传，受限于人力、物力，从前几次尝试的效果并不乐观。那就从一个点着手吧！那么从哪里着手呢？

闪闪正犯愁，忽然闻到楼下传来的阵阵臭味：老朱师傅正在把剩饭剩菜往门口倒。原本一米见宽的院子里，堆满了杂物。

老朱师傅爱好木工活，退休了也闲不下来。村里谁家的凳子坏了，谁家想打一个大衣柜，都会想到老朱师傅。也不用给钱，自家种的菜、养的鸡鸭拿一些来，老朱师傅也乐意。他就这么从早到晚忙活，刨下来的木屑也没单独处理，堆成一座松散的小山。风起，就吹散一些；风落，又吹向别处。

清晨，朱大娘还会用煤球炉烧水。她先把隔日的炉渣勾出来，把没有烧尽的煤球外面的渣弄掉，放上劈好的木柴，用旧报纸点燃，再往炉子里面加煤球，用扇子来回扇，整个屋子都是烟味，呛得慌。

煤炉烟味、垃圾腐败味，加上木屑，糅杂在一起，难以用语言形容这个难闻的味道。没风的时候还好，一旦起风，这味道就随着风飘到远处。

闪闪说干就干，决定最美庭院行动就从老朱师傅家入手。她打印好修订后的方案材料，就出发找老朱师傅了。从上回路演效果来看，这会儿要说服老朱师傅，岂不是小菜一碟。

老朱师傅正在用砂纸打磨手里的木凳子，头上戴着工地上戴的帽子，估计是以前干活的时候留下来的。旁边放着一抽屉的工具，羊毛刷、横撑刷和锯子等，堪比小型木匠工作坊。老朱师傅看到闪闪，就招呼她过来。

“闪闪，我昨天做了一个小凳子，你看做得怎么样。”老朱师傅像孩子似的向闪闪展示自己的作品，“我要做个可伸缩的凳子，先做一个小的模型试试。你是大学生，你看看。”

闪闪笑着接过模型凳子，不得不说，材料虽然粗糙，但是手艺是真好，机关灵活，角度和尺寸都刚刚好。闪闪一边竖起大拇指，一边放下凳子，说起了正事。

老朱师傅家门口有一棵柳树，春雨过后，枝条上泛出了新绿，嫩芽冒出尖尖头，鸟儿立在柳树枝头上，叫唤个不停。闪闪像鸟儿似的，说生态、说文明。老朱师傅似懂非懂地点点头，手里的活并没停下来。

树下，朱大娘捧着一壶白开水过来。老朱师傅挠挠头，对朱大娘说："不愧是大学生，说得我听不太懂，啊哈哈。"朱大娘给闪闪倒了一杯水，说："姑娘喝点水，嘴干了吧。"说完，又把烧过的煤球从炉子里倒了出来。

不知道谁扔的石子，把树上的鸟儿惊飞了。闪闪像是吃了闭门羹，无精打采地回到了村委会。没想到刚迈出第一步就硬生生被打了脸，如果和老朱师傅说不明白，那和其他村民也很难说明白。

大家都在忙，闪闪不好意思说第一步失败了。她在村委会门前徘徊，拿着一支笔左思右想，忽然有点理解小叔了：做工作不能太理想化，她还是想得太简单了。

咦，怎么院子里来了不少村民？闪闪决定走过去瞧瞧，正好也找找灵感。过去一看，原来是新的一期宣传栏海报张贴出来了，村民们正围着，边看边聊。

"你瞧，这说的是老王家的孙子考上了一中。"

"这呢，说的是凤姨家的小卖部进了一批又大又便宜的榨菜坛子。走，去看看去。”

“这个写的是邻村水稻产量，还有最近的天气，真实用啊。”

是啊，学习的素材就在身边，梁婕把这一亩三分地拾掇得有声有色。村民们从一开始的不闻不问，到现在每逢宣传海报更新，就像看报纸一样，过来看看最新讯息，这讯息有身边事，也有国家大事。无论大小事，都用村民看得懂、说得通的语言来表达，大家都乐意看。

范福元加班回来，泡了桶方便面去阳台吃，转头发现闪闪的房间亮着灯。只见几张白纸散着摊开在桌上，闪闪手挠头，顿了顿，又低头奋笔疾书。他没有开口询问，有些路只能自己摸索着走，这样才是真正的成长。他相信闪闪。

一连几天不见闪闪人影，一闻点心店也不去，村委会也不在，少了叽叽喳喳的声音，连福婶都不习惯了，拉着梁婕问闪闪人呢。梁婕指了指闪闪所在的房间，说闪闪自己给自己关门“修炼”呢。

又是一个寻常日子，闪闪带着垃圾袋再次找到了老朱师傅。这回没有方案、没有计划，她直接戴上手套帮忙收拾起庭院来。老朱师傅一看，感觉怪不好意思的，说:“这么多年习惯了。再说大家都这么放在家门口，这么多年也没啥影响。”

闪闪边收拾边向老朱师傅科普环保理念，还告诉他哪些垃圾可以回收利用，哪些可以发酵做肥料，哪些可以用于燃烧灶头，老朱师傅和朱大娘听得认真，说:“原来垃圾可以变废为宝啊，行，我们也试试，就是记性不太好，记不住怎么分类啊。”

“你们看，我把常见的分类写下来了，对照着做就明白了。”闪闪拿出了这几日的成果。一张张活灵活现的照片，配上大大的文字，朱大娘不戴老花镜都能看得清、看得明白。“不愧是大学生，写的字真不赖！”

就这样，第一个尝试成功了。经过两天的协助整理与细心观察，老朱师傅家门口的垃圾真的减少了，没办法再利用的垃圾放在垃圾袋里，码放在院子里密闭的空间，这使得空气的味道好了许多！这可把闪闪乐坏了，立马把成果和梁婕分享。

“你再等几天，巩固巩固。”梁婕在整理台账资料，转头和闪闪说了一句。

闪闪不懂，为什么要等等呢，这效果不是很明显吗？过了没几天，答案就浮出水面了——一切又恢复原样了，老朱师傅家的垃圾又堆成了小山，垃圾袋因为没有运到中转站，连着几天下雨，破的破，坏的坏，垃圾流了一地，味道比原先更冲了。

梁婕看到闪闪一脸生无可恋的样子，就猜到最美庭院行动计划执行得不太顺利。其实她从一开始就没有抱太大的期待：一代人的观念与做法很难在短时间内做出改变，老朱师傅是这样，她的父母也是这样。她经历过挫折，所以她对闪闪是可以共情的。

“这是一个过程，不要急，慢慢来，需要改变的不单单是习惯，更是思维。”梁婕安慰闪闪，“而且单靠一个人的努力，是很难有很大效果的。”

闪闪坐在银杏树下发呆。一片片黄绿色的银杏叶，扇动着春日的清风。不知何时，银杏树的花苞慢慢绽开，藏于叶子与叶子之间，孩子们放学了，围在银杏树下玩木头人的游戏。一个孩子背靠着树，其他孩子手里捡着银杏叶，谁捡起来的银杏叶最多，就算谁赢。

范福元每天这么忙，闪闪不想给他增加负担。闪闪连续几天加班加点，感觉脑子很累，那就放空一会儿吧，看看孩子们玩。院子里留守的孩子不算少，他们大多还在上学的年纪，也有不少中年女性，她们在家做家务带孩子，男人们在外地打工。也有些老人，每天坐在一起聊聊天、种种菜。村庄里休闲娱乐的方式很有限，所以银杏树下人气挺旺的。

闪闪忍不住想，要是他们都可以成为最美庭院行动的一员该多好啊！对啊，试试呗！如果被一次小失败劝退，那怎么能实现理想呢？这不是自己的风格啊！

不过这回闪闪没有心急，她知道心急吃不了热豆腐。她先征得村里同意，利用村委会空着的房间，简单布置了一下，排了周计划。这个周计划亲子游戏居多，有家大人和孩子有一起种树、一起做手工、一起绘画，每一期活动的主题都是绿色环保。闪闪自来熟的性格这下派上了用场，她举着大喇叭来到银杏树下，和大家熟络起来了，鼓励大家多多参与活动。

一开始参与活动的人不多，因为大家以为参加活动是要收钱的，所以观望的居多。慢慢地，几次活动开展下来，越来越多的孩子知道了这个最美庭院课堂，活动地点有时也会从室内转到室外。孩子们还拉着各自的妈妈一起加入，亲手做作品，变废为宝，像储物盒、景观台、发酵桶等，都陈列在功能室里。大家的态度从观望变成了期待，而其中最期待的还是孩子们，每次活动结束，他们就期待着下次活动开展。

闪闪成了孩子们口中亲切的“小闪老师”。每次活动的材料，都是闪闪去村里收集的。清晨，在湖边，她捡过掉落的树枝；老李的桃园里，她捡过鸡毛、桃树叶子；老朱师傅家的垃圾堆里，她捡过一根根小木头……在闪闪的奇思妙想下，每一样东西，都成了孩子们手中的创作工具。在潜移默化中，绿色、环保、再利用，这些理念，像一颗颗小种子一样，在孩子们的心中生根发芽。

这一次的活动是绘画，主题是“画一画我理想中的庭院”。每个孩子都用心地画着，他们画的，有结着果子的果树、有整齐盛开的粉色小花丛、有装满小金鱼的透明鱼缸……闪闪知道，时机到了。小闪老师宣布要打造最美庭院，招募环保小卫士，要通过努力，让我们的庭院变成和画中一样的理想庭院。

一只只小手举起来，“我来，我来”。闪闪笑了，她知道，这一步迈对了。

同样在这棵银杏树下，村里面大大小小的孩子们都来了。闪闪对孩子们说，小卫士的任务其实很简单，回家向自己的家人宣传保护环境，把家门口的垃圾进行分类。定期会开展比赛，不同的小卫士组成小分队，对各自所认领的片区进行宣传，并根据分类结果互相打分，凭积分领取垃圾袋和小奖品。

孩子们认领任务回去以后，任务执行得可认真了，一回家就和家里人，尤其是爷爷奶奶，说要进行垃圾分类，把小闪老师平常在活动中说的话说了一遍。一个个环保小卫士干得热火朝天，在家门口认真地进行垃圾分类。大人们一开始以为孩子们只是玩玩而已，坚持下来很难，没想到一周过去了，一个月过去了，他们依旧在坚持。孩子们的这份坚持感染了大人们。

闪闪也负责一个区域，重点就是老朱师傅家。天气越来越热了，闷头在垃圾堆里翻找，闪闪的脸晒得通红，但是她不觉得累，她的心是轻盈的，脚步也是轻盈的。她看到在大家共同的努力下，红星村在变化，这里的人也在变化。最重要的是孩子们，这些将会接过红星村接力棒的孩子们，他们在变化。

闪闪这么想着，干得就更起劲了。村委会房间里堆了许多可以重复利用的东西，这都是孩子们的收获，平常做活动、收废品，都可以有渠道处理。

但是不可回收垃圾该怎么办呢？村子距离垃圾中转站有一定距离，不可能让孩子们去送，再说村里也没有合适的交通工具。也许真诚是可以打动人的，老朱师傅看到孩子们这么认真、闪闪这么用心，也被触动了，主动把一辆旧三轮车捐给了村委会，当简易运输车用。

这辆车第一回出现在村委会的时候，范福元正好在。车头扎着大红花，老朱师傅手臂上戴着最美庭院的套袖。这套袖是用碎布缝制的，妈妈们为了支持最美庭院行动，贡献了自己的手艺。

老朱师傅和范福元夸奖起闪闪，说："大学生，不错。"范福元一问来由，了解了前因后果，他对闪闪的举动也多了一点佩服，整件事情也带给他一些启发。关于如何带动村民自发参与环境治理，也许这就是一个不错的开端。

第五章　四季

卷四　钤印章

夏日，野菜生长起来了。方一闻会坐着轮椅，留心找湖边的野菜、香椿。用野菜来做包子的馅，村里人都爱吃。还有随处可见的小野花，粉的、白的，点缀着散发着泥土芳香的田间。闪闪也会采一些小花，拾掇拾掇放在房间里，当一个小摆设。野花没有什么浓郁的香味，但一想到它破土而出，盛放在田野间，就觉得莫名感动，为这生命力感动，为这肆意的绽放感动。

闪闪也会帮着方一闻找野菜，这可比采摘野花的难度大多了。闪闪每找到一棵，就拿给方一闻“鉴定”，一闻摇摇头：“这哪里是野菜呀。”闪闪摘了一筐的“野菜”，都不是可以当菜吃的。算了，闪闪心想，还是跟在方一闻后面提篮子吧。

最终还是在方一闻的带领下，两个人找到了野菜窝。

方一闻爱吃野菜，觉得那是春天的味道，所以福婶最擅长做菜塌饼。闪闪信誓旦旦要向福婶学习如何做菜塌饼，挽起袖子、戴上围裙，就准备上手了。没想到一开始的洗干净、煮熟两个步骤就难倒了她：怎样才算了熟呢？方一闻捂着嘴直乐。

“好了好了，还是我来吧。”福婶让闪闪到屋外和方一闻一起玩。单单野菜，有点少，做不了太多，福婶又放了一大把苋菜进来，一起煮熟、捣碎，与水、糯米粉搅拌均匀，揉啊揉，最终揉成一大块软硬适中的面团，才算成功了一大半。

闪闪手痒痒，福婶就指导她把一整个面团切成小块，果然这一工序闪闪完成得不错。方一闻也加入进来，把小块面团放在手心里搓圆、压扁，像是流水线似的，之后放入油锅里炸，炸到绿色的表面变成金黄透亮才算好。最后关键的步骤就是加入糖水收汁，方一闻喜欢吃芝麻，福婶就又撒上一大把芝麻。

顾不得刚出炉的滚烫，闪闪就咬了一口。烫！香！满嘴都是青草的香味，简直停不下来。方一闻一小口一小口吃着，闪闪挥挥手，说：“像你这么吃，我可等不及。”葫芦也来凑热闹，喵喵叫着也想吃，闪闪努努嘴，还是把剩下的一口放在了自己嘴里。

闪闪看着陈旧的设备、矮小的橱柜，现在的一闻点心店，与其说可以养活一闻她们娘俩，倒不如说是个遮风挡雨的地方。村里整体消费水平不高，素包子一块钱一个，肉包子一块五一个，村里人也不多，自家做得多，一般租住在这里的打工者买一些，所以赚不了很多钱。

福婶自己是舍不得花钱的，她要攒钱给方一闻治病。长年累月，福婶就系着围裙、戴着套袖，里面的衣服也是别人穿旧的，可她不在意，觉得穿着也挺好。一角、一元，她都好好攒着。方一闻的耳朵和腿，是福婶心中永远的痛。她找镇上的医生问过，医生只是说需要很多钱，要去大医院看才行。

福婶对石晓磊说：“要是可以多挣些钱就好了。”当然，她也清楚，眼前来家中的大学生小伙子只是来调研的，这里的情况很难在短期内有实质性的改变。

石晓磊在学校里学的专业就是农学，他毕业以后选择了到村里工作。可是书本上讲的和实际情况没办法对号入座。

红星村地处江南水乡，四季分明，日照充足，雨量也比较丰沛，土地肥沃，适合水稻生长。村里面不少人家也是以此为生。“春种一粒粟，秋收万颗子。”春节是播种的时节，撸起裤脚，种子放在塑料兜里，就开始了看似随意的播撒。塑料兜其实是尿素袋，老人们总是什么也不愿意丢，本来是废品，摇身一变还能再用一年。种子轻巧落下，水塘里像是下起了毛毛雨，荡起一圈圈涟漪。

到了六月中旬，每家每户都开始耕地。耕地用的耙子也是祖辈传下来的，用不坏。村民们光着脚在泥地里来回倒腾，再接下来就是拔苗了。太阳已经慢慢冒出头来了，得戴着帽子。村民们连根抓起一把苗，往泥巴里来回刷。葫芦在田埂上欢腾地跑着，时不时去泥地里打个滚。

福婶家也有一小处水稻田，点心店闲些的时候，她就去田里忙活。她是插秧的一把好手，她可以透过略带浑浊的泥水，看清楚每一排每一列的土埂，眼疾手快地把水稻苗插进去，水稻苗稳稳地立在泥水中。累了她就直起腰，稍作停顿，又埋头干起来。不远处，湖光山色，不在她眼中。简单的动作，看似容易，其实一直近九十度弯着腰，一天下来直都直不起来。

石晓磊也下地帮忙去了。他个头高，弯腰插了才一排，就觉得腰直不起来了。其他奶奶、婶婶都笑他，都让他回去歇着吧。石晓磊是个好面子的人，自己这个大高个，怎么样也得对标福婶吧。再来！

到中午，福婶进度过半，过来检验插秧成果。石晓磊的苗和他现在的人一样，东倒西歪，蔫巴巴的。福婶笑着摆摆手说："晓磊，你去喝点水缓缓。你这我还得返工呢！哈哈。"

石晓磊怪不好意思的，没帮上忙，反倒给福婶添乱了。他去小卖部买了两瓶冰红茶，把其中一瓶递给福婶，讨教起经验来。

"我没啥文化，说不上来啊。"福婶不接冰红茶，她喝不惯，还是自己带的凉白开解渴，"农活嘛，干多了就会了。"

石晓磊盼着这个时候最好来一阵风，把身上出的汗吹一吹。播种已经如此费时费力了，那收割时，福婶一个人怎么搞得定呢？

福婶说："不能搞定，也得搞定。"每年霜降，是稻谷成熟的时节，她看着大片大片的稻谷就开心，每个谷穗都像是沉甸甸的希望。手持镰刀，收割稻谷，福婶是一把好手，比村里的男子干起活来还卖力。一捆一捆稻谷扎起来，被轻轻放在一旁。戴着帽子的福婶与金黄色的稻田融为一体。

"还要去村里打谷。"福婶告诉石晓磊。水稻在打谷机外面转一圈，稻谷就纷纷扬扬地落到空的尿素袋里去了。剩下来的秆子码放得高高的，像个土堆。等天气好，晒谷，把谷物平放在竹扁上，不间断地晒，从日出晒到日落，晒干以后重新收起来。最后就是打新米了，白白胖胖的新米散发着自然的清香。

在田埂上休息的时候，石晓磊看到一个穿着夹克衫的男人，旁边停着一辆小汽车。那会儿村里面是很少有汽车的，家里面要是有一辆电瓶车，那是十里八乡的人都要来摸一摸、瞧一瞧的。大妈们也瞧见了，纷纷摇头，说不认识来人。

穿夹克衫的男人撩起裤脚，脱下皮鞋，直接走到了田里面。他轻轻抓起一把泥土，闻一闻、摸一摸，又弯下腰，捧起一株水稻苗，把眼镜扶正，端详起来。他从口袋里掏出相机，给水稻苗拍照。他没有注意到石晓磊就在他的身后，一会儿摇摇头，一会儿点点头，时而还自言自语。

石晓磊见他非常专注，就没有上前打扰他，转头继续帮福婶整理水稻苗去了。一回生二回熟，石晓磊这回有模有样，福婶在一边夸道："不愧是大学生，一下子就学会了。"一旁干活的大爷大妈也纷纷附和，夸得石晓磊脸都红了。他没穿套鞋，光着脚丫子就进了泥地，黑裤子、白上衣都沾上不少泥点子。他心想，晚上洗洗刷刷是个大工程，不然又要被金辰吐槽。

插秧结束了，福婶带的一大桶凉白开也喝光了。石晓磊嗓子火辣辣的，果然还是得凉白开才解渴啊！他看了眼，那个穿夹克衫的男人还在。那人的衬衫因为汗水，都贴在身上了。石晓磊走之前，大着胆子上去和那个男人聊了几句。原来他是苏州农科院的老师，正在做田野调研。他说很多年前来过红星村，如今的水稻产量与之前相比没有太大的变化。而且这些年工厂越来越多，水质没有以前好了，水稻的质量有所下降，他觉得有些可惜。

“现在在慢慢变好。”石晓磊说，“村里的工厂少了很多，每家每户垃圾也清理了，水环境也开始变好了。”

男人点点头：“这里的总体环境还是挺不错的，有机会产出更多优质的大米。”接着问，“小伙子，你也在插秧？”

“其实，其实我也是学农业的。”石晓磊揽高了裤脚，说，“插秧可比书本里说的难多了！”

男人笑了，说：“小伙子肯下地实践，是好事。”接着说，“我平常会到附近村庄走走看看，我们有机会再见面，小伙子。”

“我叫石晓磊，三个石头的磊。”

“晓磊，很扎实的名字。”男人又笑了，说，“我叫江河。”

“江河。”石晓磊望了望脚边，河水在田间缓缓流淌，环湖大道的湖水水面对他而言已经算得上视野开阔了。江河，那该是怎样的波澜壮阔呀？

石晓磊其实对自己的名字并不满意，感觉普普通通，算不上特别。江河这个名字多好，大气，好记，有辨识度。石晓磊眼前这位年过半百的前辈，眼神还是一如既往的澄澈。石晓磊想，以后的自己，会不会依旧眼里有光，心中有江河湖海呢？

晚饭的时候，石晓磊把今天遇到江河老师的事，告诉了闪闪和梁婕。石晓磊想，如果还能再见到这位老师，一定要多聊聊村里的土壤、气候，还想向他讨教能改变环境的方法。梁婕很惊讶，红星村究竟有何魅力，吸引了苏州的老师来调研。闪闪只觉得可惜，她也想偶遇苏州的江河老师，问问他最美庭院行动是不是对水稻产出有好处。还想问问江河老师，村里的野菜能不能大规模种植；如果真能大规模种植的话，方一闻就不用每天辛苦寻找了。

梁婕轻轻拍了下闪闪的脑门说:“一天到晚想的什么呀,天马行空似的。”

也许是因为算是半个同行的关系,石晓磊觉得江河老师格外亲切。以前在大学里,也有退休返聘的老教师,对学生们像对待孩子一样。石晓磊做的第一个实验,也是老教师手把手教的。此刻他有点后悔,没有厚着脸皮要江河老师的联系方式,说不定还能结合村里的实际情况,请教得到一些宝贵的建议呢。

闪闪提议:“要不要直接去苏州找江河老师?”梁婕摆摆手,她忙着精神文明创建工作,抽不开身。金辰也没时间,这几天和范福元一起,在设计村党建品牌的标识。

就这样,闪闪和石晓磊决定出发去找江河。江河老师走的时候说会去周边村庄看看,那就去碰碰运气。于是他们两个人骑着自行车,在周边几个村庄来回转,遇到插秧的大爷大妈就停下来询问。可是,连着好几天,始终一无所获。没有汽车来过,没有穿夹克衫的老师模样的人下到地里。石晓磊有点失落:多好的学习机会就这么错过了。

“对了，农科院！”闪闪不想就这么放弃，既然随机找找不到，那就试试去“蹲点”。苏州，距离红星村不到一百公里路，怎么去呢？闪闪犯了愁。自行车肯定是骑不了那么远的。闪闪和石晓磊一商量，最终选择坐公交车去。

说完，二人就坐上了去公交总站的公交车。清风吹起头发，红星村离他们越来越远，路过一家家工厂、一个个村庄、一条条马路，这是一条需要周转多次的路，就像现在的红星村，在变得越来越好的路上几经周折。石晓磊手里拿着笔记本，不停地写写记记，这个把月观察到的情况，他都想找江河老师讨教个明白。

一腔热血的少年晓磊，捧着记得密密麻麻的笔记本，裤子上沾着红星村的泥巴，一个问题接一个问题地问着江河老师。

江河老师刚下课，水没有喝一口，依旧热情地一一回应石晓磊。一老一少，忘记了时间的流逝，在思想与现实的碰撞中成了忘年交。他们眼里的光，比远处的晚霞还要绚烂。

夜深了，闪闪在一旁打哈欠。石晓磊和江河老师还在热火朝天地聊着，江河老师知道他们是坐公交车来的，有点意外，非要开车送他们回村里。坐在江河老师的汽车里，看着红星村越来越近，闪闪觉得范福元口中的新农村有新希望了。

闪闪邀请江河老师去吃农家菜，再去湖边溜达一圈。江河老师看着一望无际的淀山湖，对石晓磊说："这片地方大有可为，晓磊你好好干。"石晓磊点点头，和江河老师一起望着远方。

正巧，方一闻也在。她穿着一身白色汉服，手中拿着葫芦丝忘我地吹奏。身后是晚霞与湖光，袅袅轻音入耳，仿佛是一幅水墨画。闪闪、石晓磊和江河不再说话，三个人静静地听着。

曲毕，闪闪上去打招呼："一闻，这是我们刚认识的江河老师，他可厉害了！"

江河老师点了点头："红星村人才辈出啊，小姑娘吹得不错。"

江河老师走的时候，石晓磊送他离村，一路上告诉他方一闻的故事，说她的生活与无奈、她的音乐与梦想。江河老师被方一闻不屈的意志打动了。可是这个时候，他没有想到自己会和这个女孩子、这个地方有更多的交集。

车子发动了，石晓磊刚想转身回村，却被江河老师叫住了。“你和那个小姑娘说，把她觉得最好的作品录一录，再来找我。”

石晓磊还没缓过神来，车子就开走了。难道江河老师对音乐还有所涉猎？石晓磊把这个困惑讲给闪闪听，闪闪高兴地跳了起来：这么厉害的人愿意听方一闻的曲子，还要录音，肯定是好事。闪闪一想到方一闻的音乐被更多人听到并且认可，她快乐极了。

她迫不及待地跑回一闻点心店，咚咚咚敲门。

“一闻，有好消息。”

福婶披着外套，打开了窗户。“闪闪，有什么事吗？一闻睡了，我把她喊起来。”

“福婶，没事，我给她写个纸条，有个厉害的老师喜欢她的音乐！”福婶听了半天也没听明白，不过她知道闪闪这个小姑娘是热心肠，她说是好事，那就是好事。福婶赶忙找来纸，闪闪写了一页纸，这才心满意足地回去了。

一路上，只有点点繁星和轻盈的脚步声陪伴着闪闪。真好啊，闪闪想，方一闻看到留言，知道这个消息，会是多么开心的样子呀。真希望每个人的热爱都可以被看到，那该多好。

闪闪以为的喜悦，到了方一闻那里则是喜极而泣。这么多年默默地努力、热爱，竟然在这个春暖花开的日子有了意想不到的收获。因为认识了闪闪，接着认识了其他有爱的伙伴，现在又认识了江河老师，准确地说是被江河老师认识了。哪怕没有录音这个事情，方一闻也觉得好幸福，就像是曾经自己的小世界都是密密麻麻的蜘蛛网，堆积着灰尘，现在有一缕缕光透进来，是温暖的感觉。

日子就这样一天天过去。闪闪忽然觉得，自己也和范福元一样忙得很。她每月定期组织亲子活动、清理庭院，和方一闻一起找野菜，陪她去湖边吹葫芦丝，学录音。红星村的角角落落似乎都有闪闪的身影，她对于红星村也越来越了解。同闪闪一样忙碌的，还有三个哥哥姐姐，还有小叔范福元。

与最开始来村时的迷茫相比，现在的闪闪非常忙碌，而且忙得有滋有味，工作中的酸甜苦辣浅尝了一些，她开始慢慢感受到，小叔范福元为什么选择回到家乡、建设家乡，因为那带来的价值感与收获感是令人满足的。只是，工作和生活总是有两面性，村委会工作中不和谐的声音也是常有的。在村里工作几年下来，范福元和村民们打交道多了，村民们配合的时候居多，但是不配合的时候也有。

范福元和其他村支书前段时间从外地参观学习回来，对村里的工作有了新的感悟。经过周边行政村村委会班子讨论，为了壮大村级集体经济，拟集合所有行政村的力量，成立强村公司。第一步就是和村委会的其他干部一起，挨家挨户做工作。接着就是推出特色产品，推动农文旅融合，实现产业延伸发展。最后实现一村多品，带动村民经济水平提升，让本村外出的青壮年回村就业。

对红星村来说，村里种大米、种黄桃的村民挺多的，范福元想，如果能从这两点入手，打造村级品牌就有眉目了。这里面，做工作难度最高的，就是老李师傅家了。他家的田地亩数是最多的，作物在市场上卖也能卖个好价钱。除了桃园，稻米也是他家收入的主要来源。现在桃园和稻田都是他和他的家人打理，他不想加入强村公司，觉得不划算。

老李师傅和周围几户村民私下里商量好，都不加入强村公司，还是要单干，还撺掇已经同意加入强村公司平台运营的村民们“反水”。范福元为了做工作，已经好几天连着加班了。

范福元反复去老李师傅家，告诉他强村公司只是一个运营的平台，由各村共同出资设立，去包装、去推广村里的农副产品，农户肯定会有收益的。

“你怎么知道肯定能有收益？你能打包票吗？”老李师傅反问道，“我干农活这么多年了，你来村里才几年，不要说大话。”

范福元嘴巴都说干了，可是和老李师傅还是说不到一块去，只好先走了。他心里知道，其实老李师傅说的话也有对的成分，如何能确保村级资产稳步增加，如何能带动村民富裕，范福元不确定学到的、看到的经验，在村里是否可行，一开始心里也没底。不过经过镇上领导、所有村支书一致商讨，觉得强村计划是现阶段一条可行的路子。既然有路子，就要闯闯看！

第六章　江河湖海

连着好几天，老李师傅家里面清静了，范福元已经好几天没来了。老李师傅心里暗想，小伙子看来是打退堂鼓了，好！

其实范福元是在写报告。他和石晓磊埋头测算，拿出来一份信得过的调研报告，有数据、有因果。范福元相信，通过这一个点能说服老李师傅，也许是工作突破的关键节点。

这可是一个大工程。过去十年的总产量、销售量、存量以及气候、雨水、土壤等要素的变与不变；规模化、产业化与现在家庭化相比较，模式的优劣、对产出影响的分析……这每一个数据的统计与总结，都够他们俩绞尽脑汁、抓破脑袋了。

好不容易在好几天的苦干之后，有了些眉目，可是范福元在翻阅纸质材料的时候，发现再往前几年的数据不够完整，对于报告没有太多借鉴价值。

范福元第一次觉得有点使不上劲，他昏昏沉沉地走在村里，看着这里的一草一木。老李师傅吃过晚饭，正在自己做的木椅子上悠闲自得地喝茶，看到范福元这个状态，他也猜出了半分，招招手，让范福元坐下。

老李师傅倒上一杯茶水，和范福元说：“年轻人，就像我们种庄稼，要抬头看看，光闷头干，能干出什么？”范福元摇摇头，叹了口气。其实老李师傅也知道，小范书记希望村民的生活越来越好，只是老李师傅年轻的时候也和范福元一样，空有想法，而没能脚踏实地。

范福元把茶水一饮而尽，坚定地看着老李师傅说：“老李师傅，你等着，我再试试！”说完，拖着疲惫的身子往村委会的方向走。看来办公室的灯又要亮很久了。

“老李，刚才是小范书记吗？”李大娘问老李。

“是啊，这年轻人挺不一样的。”老李师傅继续喝茶，望着满天繁星，哼起曲子来。

办公室里，石晓磊犯困，没撑住打起盹来。范福元没忍心叫醒他，本想着给他披件外套，瞥到石晓磊的笔记本上写着一些关于稻田的术语，范福元饶有兴味地看下去。他发现这里面不少内容不就是萦绕在他心头的问题吗？这是谁想出来的？范福元恨不得立马叫醒石晓磊问个明白。

石晓磊把偶遇江河老师的事情说了一通，范福元惊喜地跳起来。“对呀，专家老师，我怎么没想到！”接着跺了跺脚，说，“明天我们就去找江河老师请教！”

第二天一大早，范福元带着去年产的红星村大米就出发了。闪闪听说要去找江河老师，蹦着跳着也要去：方一闻的录音刚录好，闪闪要拿给江河老师听！

“你们几个小毛头，下回出村记得和我说一声。”范福元拍了一下闪闪的脑袋瓜，“你最小，最不听话，别到时候遇到什么事情，你妈妈指定要怪我！”闪闪做了个鬼脸，拉着石晓磊拿随身听去了。

办公室的门开着，但是江河老师不在。

闪闪跑去隔壁办公室敲门，一个长头发的女老师在，听说他们找江河老师，摇了摇头，说不知道江河老师去哪里了。不过她很热心，帮忙打了江河老师的电话，只是电话那头没人接听。

范福元谢过女老师，在大厅里坐着等了一会儿，还是没有看到江河老师的身影。本来抱着满满的希望过来，现在碰了壁，范福元像是泄了气的皮球，蔫巴巴的。临走的时候，他把一路上抱着的大米送给了保安大叔。一行人这就要回红星村了。

“小伙子，我想起来了，江河老师好像说去淀山湖了。”保安大叔叫住范福元。

这可真是柳暗花明又一村，范福元谢过保安大叔，就急匆匆地回村了。他隐约觉得会碰不上江河老师，可这个机会难得，他一定不能错过。坐公交车太慢了，他斥巨资租了一辆汽车，疾速往镇上赶。

闪闪知道，表面上云淡风轻的小叔，此刻内心是波澜起伏的。她握着手里的随身听，把耳机塞给小叔一个，希望听了方一闻吹的曲子，他的心情可以平复一些。范福元听着耳机中抑扬顿挫的旋律，稻田、桥梁、河流在眼前一掠而过，自己这几年在村里工作的经历，也像放电影一样一闪而过。他能留下些什么，也许这一次会有一个答案。

到了镇上，范福元换上自行车，和闪闪、石晓磊分头找人，从一个村找到另一个村，骑得气喘吁吁，衣服都被汗水浸湿了。忽然他听到闪闪大喊："这里，这里，我找到江河老师了！"

范福元顾不得寒暄，一通自报家门，就邀请江河老师去村里坐坐。江河老师一看到石晓磊和闪闪，就猜出了几分，笑呵呵地说："你们是怎么找到我的？"

闪闪去农科院找江河老师，等了许久没等到，因为保安大叔一句话，找遍了整个淀山湖。"像猫抓老鼠呢。"闪闪脱口而出。

"江河老师，不好意思，我这侄女不懂事。"范福元略带歉意地说道。

没想到江河老师倒是喜欢闪闪这大大咧咧的性格，没有把她的话放在心上。并且他还惦记着答应闪闪的事情，也就是听方一闻的录音。

烈日当头，江河老师看他们几个累得慌，就同意去村委会坐坐，正好听一听方一闻的录音。

到村委会，范福元想给江河老师泡茶，可江河老师淡淡地说："白开水就好，解渴。"

江河老师招呼闪闪坐到身边，一起听方一闻吹奏的曲子。随身听是闪闪从家里带过来的，用了挺多年，音质比不上专业设备，杂音不少，不过并不影响听曲人的感受。

闭上眼，不大的办公室充满了优美的乐曲声。曲子吹奏得活灵活现，仿佛从窗户溜走，唤醒墙面上的爬山虎，随着暖暖的风，吹向湖边，吹向一闻点心店，吹到了江河老师的心坎里。江河老师眼里仿佛含着泪。

江河老师点点头，把随身听收到公文包里。他向闪闪借用一下随身听，拿回家给他的爱人听。原来江河老师的爱人就是学音乐的，现在年纪大了，又生了一场大病，手抖得厉害，没有机会再出场表演了，但她依旧惜才，教了不少有才华的学生。

"江河老师，那村里的情况……"范福元急着想讨教，可是江河老师看天色不早了，打算启程回去。这可把范福元急坏了：问题依旧还在那里，可又不好强留江河老师。

“下周一来学校找我吧。”江河老师出发前留了这么一句话。其实他也知道小范书记心中所急，可是相比于授之以鱼，他更希望授之以渔。他遇到过太多只顾着伸手要答案的年轻人，他坚信自己找问题的过程也很重要。

距离下周一还有几天，闪闪知道，范福元又要“白加黑、五加二”了。石晓磊也丈二和尚摸不着头脑：这回的江河老师怎么高冷起来，没有第一次见时那样亲切了。范福元心里是有数的，几年工作下来，他知道打铁还需自身硬。

回到宿舍，已经是六点了，还好是夏天，天色还没有全暗下来，天边还有些许光亮。梁婕也从村委会回来了，饭已经煮上了，接过三个泥巴人手中的桶，就去帮忙收拾鱼了。炊烟飘出去老远。葫芦守着厨房，像是知道今天会有加餐似的。

闪闪不会做菜，不过她挺佩服梁婕：明明只大自己几岁，却烧得一手好菜。本来想充当帮厨，但是刀拿在手里，迟迟下不了手。梁婕推开闪闪，一脸别捣乱、出去玩的表情。闪闪也乐得悠闲，找方一闻去了。她要告诉一闻，江河老师听了随身听，特别喜欢她吹奏的曲子。

葫芦跑在前，它已经对去一闻点心店的路非常熟悉了。闪闪饿着肚子跟在它后面，差点跟不上，不过她也不担心，她希望葫芦可以多陪陪方一闻，方一闻喜欢葫芦。

福婶还在忙活店里的事呢，看到闪闪来了，客气地问了一声："吃过饭没有？"

闪闪摇了摇头，说："刚抓的鱼，还在锅里煮呢。"

"你们小孩子啊，长身体的时候一定要好好吃三餐。"福婶一边说，一边从蒸锅里拿出两个热气腾腾的包子，"来，快吃，还热乎呢。一闻，一闻，闪闪来了。"

闪闪告诉方一闻，江河老师是多么喜欢她吹的曲子，听了一遍又一遍，还把随身听拿回家听呢。

"对了，你肯定猜不到，他的爱人是音乐教授。"闪闪一蹦一跳地说，"如果她也喜欢你吹奏的曲子就好了，你可以做她的学生！"有只浅白色的蝴蝶在飞，葫芦追着跑，差点掉到坑里面。闪闪顾不得葫芦，还在畅想着。

当了教授的学生，可以学到好多知识，说不定还能登上舞台表演，到时候一闻点心店前面放一张桌子，专门签名用，还有……

方一闻递过去一杯水，闪闪喝得太急，呛到了。

“慢点喝，慢点。”方一闻笑着说，她知道闪闪性子急，还充满想象力，把自己不敢想象的事情都设想了一遍。闪闪生怕方一闻听不清她说的内容，特意找来画纸，把理想中的画面画了出来。粗糙的笔触，奇怪的画风，都丝毫没有影响两个女孩心灵的契合。阳光温暖，她们就像是回到了上幼儿园的时候，画一幅大人看不懂的画，讲一些大人听不懂的话。

闪闪说起下周一还要去找江河老师的事情，问方一闻要不要一起去。

方一闻眼睛一亮，可是看着自己的腿，眼神又黯淡下来：“算了，我还是不去了吧，不方便的。”

福婶悄悄抹了一下眼角的泪花，正打算回身去收拾屋子。“福婶，那我和你借一天一闻吧。”闪闪说。

“真的吗，我可以吗？”方一闻看了好几遍闪闪的手势，还是一脸不敢相信的样子。自从脚不能走路，行动就非常受限，只有村庄一年四季的湖、色彩多变的银杏树、风雨不停歇的点心店陪伴着她。她也不愿意出门，别人同情的目光和善意的帮助，在她看来像是施舍。

闪闪向小叔说了要带着方一闻一起去找江河老师的事情，打算让一闻给江河老师现场演奏。范福元觉得这挺好的，他喜欢方一闻这个小女孩，也希望她可以拥抱更大的世界。也可以让更多有梦想、有想法的年轻人，看到方一闻站在更高的舞台上，让他们知道在农村也可以有所作为，有展示的平台与机会。让更多本乡人回到家乡、更多外乡人成为本乡人，知晓红星村的人就能变得更多，那村里的经济、文化、旅游说不定可以迎来新的突破口。果然闪闪和范福元是一家人，在大胆设想这一块上二人的想法如出一辙。

计划赶不上变化，镇上开推介会，时间就定在下周一。有几家工厂有意向在淀山湖镇办厂，其中一个意向村是红星村。范福元多方打听，这家工厂不算是劳动密集型企业，它的上下游供应链比较齐全，现在打算开办的只是它的其中一个子厂。如果工厂负责人考察下来感觉比较好，最终决定来此投资设厂，对村里以后的经济发展是好事。

范福元想抓住这次机会，邀请工厂负责人来村里实地考察。可是下周一和江河老师有约，如果错过，是一种失信，他不想失信于江河老师。范福元正发愁，闪闪坚持自己可以和方一闻两个人去找江河老师，这样也算不上失信。

可是范福元不放心两个小姑娘去苏州，本来想让石晓磊带她们去，可是他最近在配合镇上做普查，走不开。这个时候金辰推门进来，范福元说："金辰，下周一你陪闪闪、一闻去趟农科院，去找江河老师。"

"好的，那我把手头的事情处理一下。"金辰去过苏州几次，问清楚地点以后，他觉得不是个难事。

范福元让金辰向江河老师转达歉意，因为村里有事没能如约前去，并叮嘱闪闪走的时候记得要江河老师的联系方式，回头再去给他赔罪。

第七章　农科院半日游

天气预报说星期一会下雨，还刮风，这也“劝退”不了闪闪。闪闪带上笔记本、笔，还采了一片桃园里的叶子，信心满满地往一闻点心店走。云朵像漫画一般，点缀在蓝天上，荷花池开了几朵荷花，越发像一幅水墨画似的。

方一闻早早等在点心店门口了。福婶包了好大一个袋子，让路上带着，有橘子、番茄、面包、牛奶。方一闻不想拿：像是孩子春游一样，多幼稚。闪闪接过来，提在手上，乐呵呵地招了招手出发了。金辰去镇上找了一辆小汽车，她们俩在村口等金辰。

许大妈早已收渔网回来了，坐在村口，按鱼儿个头大小的不同，放在不同的桶里面，气泡噗噜噜地冒，在桶里面乱窜。“出门啊？孩子们。”许大妈问候道。

“是啊，许大妈，今天收获怎么样呀？”金辰问道。

许大妈笑了笑，手里的活也不停下来，说：“我给你们留两条鲫鱼，给小范书记熬汤喝。”

葫芦在方一闻的怀里滚来滚去，正撒娇呢。这回有正事要办，就不带葫芦去了。方一闻摸着葫芦的大脑袋，说：“我们很快就回来，乖。”除了闪闪，葫芦最听的就是方一闻的话了。话音未落，葫芦留恋地叫了一声，就往一闻点心店去了。它守着福婶，守着方一闻的家。

没想到出行的难点这么快就显现出来了——轮椅太大了，后备箱塞不下。金辰个子高，力气大，司机师傅人也挺好，帮着一起收拾后备箱、一起搬，来回试了好几次，终于勉强把轮椅塞进去。

方一闻坐在后排，有点不好意思，她开始在想是不是不应该出门，太麻烦别人了。金辰看出来方一闻情绪的变化，调侃起自己来：“老朱师傅家的伙食太好了，我这肌肉都快散架了。”闪闪是懂得接话的：“那可不，你肚子上的肉都能赶上范福元的啤酒肚了。”边说，还边在肚子上比画。方一闻捂着嘴巴笑了。

“出发！”天气好，车窗打开，车外的风景从眼前掠过，多美呀！方一闻已经很久没有见过村外的世界了，她的心里又有一些忐忑，不知道该和江河老师说些什么、表演什么。方一闻的手心里都是汗，不知道是不是太兴奋，她总觉得心里没着没落的，不踏实。闪闪握住她的手，是温暖的、友好的，这让方一闻感到心安。

司机师傅不熟悉去农科院的路，一路问过去，绕了不少路。金辰急得满头大汗，生怕错过了江河老师没办法向范书记交代，就差头伸出去问路人了。

闪闪没有操那个心，一路就和方一闻欣赏着风景，梧桐叶飘落的人行道、三五成群背着书包上学的孩子，还有绿色围栏里正在工作的工程机械。这座城市的一角已经大到方一闻想象不到了，微风透过车窗，陌生又带有湿气的味道飘进来，方一闻的脑海中闪现出各色的音符，真想当下就开始创作。

方一闻惊叫了一声：“葫芦丝忘记带了！”轮椅兜子，还有福婶给的袋子，里里外外翻了个遍。方一闻这才想起来，因为昨天晚上太兴奋，就把葫芦丝放在床上，早起忘记拿了。这下好了，该怎样给老师现场进行演奏呢？方一闻自责极了，白白折腾了闪闪和金辰。她越自责就越不想说话，低着头，泪水在眼眶里打转。

闪闪安慰她说："就当是出来踏青了，没有什么损失的。他们走在学校的人行道上，大学生们青春洋溢，结伴而行，教授们衣着朴素，提着水杯，匆匆往教室走着。闪闪听着耳边时不时传来的吴侬软语，这里的一年四季仿佛比村庄里的四季多了一些苏式的恬淡味道。

一片梧桐叶落下，正巧落在了方一闻的手上。它仿佛是知道她的手空空的，特意把自己送到方一闻的身边。方一闻像是得到什么宝贝似的，轻轻抚摸着梧桐叶，仿佛此刻她与这个不属于她的地方多了某种真实的联结。走着走着，不知不觉来到了江河老师的办公室。门口的保安大叔一下子认出了闪闪，和闪闪打招呼："江河老师在里面，快去吧。"

推开门，江河老师早已泡好了茶，等着闪闪了。金辰一上来就做了自我介绍，向江河老师解释范福元来不了了，江河老师点点头说道："我去过村里，确实忙。"喝了一口茶接着说道:“小伙子,不容易。”

闪闪急着给江河老师介绍:“江河老师，这就是方一闻，她吹的葫芦丝可好听了。”方一闻有点意外，她想象中的教授是严肃的、穿着西装的，可是眼前的这位教授和蔼可亲,坐着伸过手来,和自己握手。

“一闻你好，很高兴认识你，我听过你吹的曲子，很好听。”江河老师打开办公桌的抽屉，拿出随身听递给闪闪，冲方一闻竖起大拇指说,“我爱人也听了好几遍，说你很有天赋。”方一闻还是第一次被教授级别的人夸，脸涨得通红，也不知道该说什么，憋了半天只说了声“谢谢”。

就像是哆啦A梦，江河老师从柜子里掏出相机。金辰看到相机，眼睛都亮了:大学里他就喜欢鼓捣相机，可惜太贵了，就只能在社团搞活动的时候过过瘾。江河老师注意到了金辰惊喜的神情，把相机放到金辰手里，像个孩子炫耀宝贝似的说:“怎么样，这可是我的大宝贝。小伙子你看看，怎么样？”

金辰爱不释手，这分辨率、这画质，绝了。虽然型号不算最新，但是可以看得出来，江河老师平常爱护得很好。江河老师坐在沙发上，对金辰说："小伙子，我暂时把它交给你了。"

金辰手差点打颤：这是怎么回事？

江河老师喝了一口茶，慢慢道来。原来是江河老师的爱人馨云老师说有一个比赛，离初赛报名的截止日期还有几天时间，听到方一闻的曲子十分惊喜，立马想到让她参加比赛。初赛报名需要拍段演奏视频，江河老师就把自己的宝贝无私奉献了出来。

方一闻因为耳朵听不清，又来不及看唇语，就看到闪闪开心地拍手，金辰激动地来回摸相机，一时搞不清发生了什么事情。江河老师拿出纸和笔，简要说明了一下，方一闻既惊喜，又有几分失落。惊喜的是自己竟然可以参加比赛，失落的是忘记拿葫芦丝了，不然现场给江河老师吹一曲，那该多好呀！

"走，我带你们去参观参观。"江河老师披上皮夹克，招呼金辰带上相机，"小伙子正好练练手。"

这里种的是香飘飘的紫薯、颗粒分明的水稻，脚边是一大片稻田，江河老师说等天气再暖和一些，这里的油菜花才是最美的。方一闻用力呼吸，感受着这里大自然的美。金辰忙着这里拍拍、那里拍拍，想把所有美的事物都拍到相机里，好好过一把摄影的瘾。

闪闪向金辰招手，有点埋怨地说：“怎么一直拍植物呀，给我们也拍一拍呀！”

“来了来了，我这不是还在研究嘛！”金辰边看拍的效果，边转身小跑过来。

方一闻穿着浅绿色裙子，手足无措地捏着裙摆。她已经很久没有照相了，她害怕直面自己，目光下意识地躲着镜头。照片拍出来，少了点自然的感觉。闪闪就在镜头后面做鬼脸逗她，挠她痒痒。这才抓拍到了方一闻笑着的样子。

方一闻眼睛眯起来，像弯弯的月牙，身后是被风吹动的柳叶，天空没有一丝白色掺杂，满眼都是湛蓝，真好看。江河老师被年轻人的热情开朗感染了，也加入进来，拍了一张比耶姿势的照片。

江河老师送他们到学校门口，提醒方一闻要录视频参加比赛。这回收获很大，闪闪他们还把江河老师的联系方式要到了，邮箱地址和联系方式都写在了纸上，并约定下次江河老师来红星村做客。

回去的路上，方一闻有些累了，睡着了。她像是做了一个很美很美的梦，梦里面的她长出了一对毛茸茸的翅膀，在湛蓝的天空里自在地飞翔，飞过草地、飞过村庄，飞到更广阔的世界。醒来后，手里的纸都沾上了汗水。方一闻把纸细细折好，放到闪闪手心里。她最信任的伙伴，就是闪闪了。闪闪也许就是她梦中的翅膀吧。

忙活了老半天，闪闪他们的肚子都饿瘪了，还好有福婶的“百宝箱”。金辰又当导游、又干体力活，两个大包子很快就下了肚。方一闻看着自家的包子这么受伙伴们欢迎，心里美滋滋的。

一个熟悉的身影站在村口。原来是闪闪的小叔范福元，今天的他和平日的样子不太一样。他穿着藏青色西装、黑色皮鞋，头发梳得光溜溜的，闪闪真想把大拇指竖到他眼前。旁边还有不少穿着西装、提着公文袋的人，估计就是工厂负责人来实地考察了。范福元送走他们以后，就往闪闪这边走过来。

“你们今天收获怎么样？”范福元帮着金辰一起搬轮椅下来。

闪闪接过话说：“今天收获可大了，我们还留了江河老师的联系方式呢，不过……”闪闪扮个鬼脸卖了个关子。

“走，请你们去吃白煮大鲫鱼！”

听范福元说，今天的推介会，工厂来的人虽然多，但还没有定论，说实话他也没有信心。工厂的人还去别的区镇实地看过，别的区镇也都有各自的区位优势和政策扶持，红星村的优势并不是很大。“那怎么办？”随后过来的石晓磊和梁婕都有些失落。

范福元解开西装外套的两颗扣子说：“别人我们控制不了，打铁还需自身硬啊，我们要努力的地方还有太多了。”范福元叹了一口气接着说，“你们呢，看样子收获很多啊，说来听听。”

金辰和闪闪你一言我一语，把今天发生的所有事情，事无巨细地告诉了范福元。听着听着，范福元表情舒朗起来，说实话，他一直小瞧了这几个小孩子，没想到这几个范福元眼中的小孩子，倒真做成了一些事情。金辰打开相机，把他拍的照片展示出来。

“呦，拍得不错啊，这张把一闻拍得特别好啊！”范福元来回看照片，没想到金辰这小伙子还有拍照的特长。范福元心想，这几个大学生个个有特长，有他们在，自己带动家乡致富的动力更足了，他们的活力与想象力也在无形中带给他新鲜的能量。

大家听到方一闻要参加比赛，还有赏识她的教授，特别为一闻感到高兴，都开始“头脑风暴”：去哪里拍摄，取景更好看，拍的效果能更好。

金辰抱着相机不松手，说：“这可是江河老师交代给我的光荣使命，谁都别和我抢啊。”说完来到方一闻身后，“以后我就是一闻的专属摄影师了。”方一闻之前从来没想到还能有机会参加正规的比赛。

此刻范福元脑海中浮现出了新想法：也许思路可以打开，传统的农业、工厂如果适应不了新的发展，是否可以从年轻人喜欢的潮流事物着手？现有的湖岸、桃园、银杏等作为景观，加上采摘、露营、咖啡、艺术等创新元素，是不是会碰撞出新的火花？

起风了，下起小雨来了。雨落在湖面上，叮叮咚咚打在院子的塑料挡板上。闻雨听音，别有一番韵味。葫芦也冒雨追了过来，身上湿漉漉的，方一闻把葫芦抱上来，用手绢擦拭着葫芦的大脑袋。

闪闪问方一闻："比赛视频，你打算吹什么样子的曲子呢？"

方一闻想了想，说："我想吹一首关于红星村的过去、现在和未来的曲子。"

此刻，方一闻的脑海里出现了这样一个画面：她坐在湖边，穿着一身浅绿色长裙，手中握着葫芦丝，桃花随着音乐的脚步来到方一闻的身边，落在她的肩膀上。一个披着面纱的红星村初露笑颜，面纱之后，是全新的、充满生机的、为更多人知晓的红星村。

方一闻问闪闪："闪闪，你觉得我能入围正式比赛吗？"

闪闪看着眼神中满是期待的方一闻，用力点了点头，说：“我觉得你肯定可以入围的，江河老师和他的爱人都这么说。”

第二天上午，方一闻守护小分队开始行动了。方一闻第一次面对镜头，表现出了肉眼可见的紧张，曲子吹着吹着就断了，或者风吹过来，把刘海吹乱了，葫芦也过来捣乱，方一闻精神集中起来更困难了。

摄像师金辰有点着急，就开始找村里各种好看的背景。村庄里每一个具有标志性的事物、景致都曾出现在金辰的镜头里。闪闪拉着梁婕各种给方一闻搭配服装，一会儿是大红色长裙，一会儿是牛仔裙，像是时装表演似的，还给方一闻抹了口红。

可是效果总不那么如意，方一闻也找不到自在的感觉。报名截止时间马上要到了，闪闪没有别的办法，只能把拍摄的所有视频都发到邮箱里。

没想到，这促成了闪闪他们与馨云老师的相识。

第八章　艺术村

村口，一辆汽车停了下来。馨云老师穿着一身汉服，略施粉黛，提着一个丝绸面料的小包，站在江河老师身边，她的气质与村庄的古朴不太相合。

工作日，村里面事务不少，闪闪正在忙着带队清理最美庭院的垃圾；梁婕在镇上开会；石晓磊和范福元刚从外地参访回来，在和红星村对标比差；金辰在准备党建品牌比赛，打算把有关方一闻的视频中拍到的村里景致也运用进去。每个人都各自忙碌着，没人发现江河老师和馨云老师的到来。

两位老师于是就在村里溜达，江河老师来过这里几次，比较熟悉了，就带着馨云老师往一闻点心店走。热心的村民们喜欢凑热闹，帮忙指路，也想看看点心店那边是要发生什么事情。

馨云老师一眼看到村民家门口堆放的垃圾袋，眉头皱了皱。她捂着鼻子说："要不是因为惜才，我这会儿正在花园里赏花品茶呢。"

江河老师抓了抓后脑勺，回道："已经在慢慢改变了，红星村有不一样的地方，待会儿你好好看看。"江河老师接着说，"不是有首老歌《红星照我去战斗》，里面有句歌词'红星闪闪放光彩'，今天我们也回忆一把往昔岁月吧！"

"你个糟老头子。"她看了方一闻的演奏视频，总觉得味道不太对，和她第一次在随身听里听到的曲子相比，少了些素净。她对这个未曾谋面的小姑娘有着莫名的好感，她愿意去帮助她。

第一个遇到江河老师的竟然是葫芦。葫芦在认人这方面还是挺厉害的，转头就去村委会找闪闪他们了。范福元正拿着纸条，打算联系江河老师，邀请他来村指点工作呢，这下好了，能碰面了。

范福元、闪闪他们和江河老师差不多是一起到的一闻点心店门口，福婶还在店里忙活，看到这么多人来，还以为是外地的游客。“吃些什么，我们的包子是自己做的，可香了。闪闪，你来了。”

“你就是闪闪，你好，我是江河的爱人。”馨云老师一直听江河老师念叨有个叫闪闪的小姑娘，感觉她有自己年轻时候的影子。闪闪此刻灰头土脸的，正在组织小卫士清理垃圾呢。馨云老师笑着伸过手去，想和闪闪握个手，丝毫不在意她的手黑乎乎的。

“老师，你好美呀！”闪闪脱口而出。范福元已经习惯了闪闪自来熟的性子了，并不觉得不妥。他发现江河老师和馨云老师脸上也没有不自在，这才松了一口气。

馨云老师捂着脸，乐得直不起腰，白皙的脸上添了一丝红晕。她看着一脸认真的闪闪，知道她是真心实意地夸赞自己，就又多了几分欢喜。

江河老师对福婶说起正事，说自己是来找方一闻的。福婶指了指南面，说：“一闻去湖边了，要不我喊她回来吧。”

闪闪拉着馨云老师的手，往湖边走去。“福婶，没关系，我们直接去找一闻好了。”边走边介绍这里的湖、树与一闻，二人亲热得像是一对母女。范福元和江河老师走在她们后面。

初夏的风吹散了毛孔里的黏腻，闪闪她们不自觉脚步慢下来，这正合范福元的意。趁这个机会，他对江河老师说着自己对于乡村建设的想法，红星村特有的地理位置、生态环境，还有过去几年村里的变化。

范福元讲了许多，他渴望听到江河老师的独到见解。江河老师点点头，示意让他接着说，于是范福元接着说对村庄未来的想法，和要实现蓝图遇到的一些困难。说着说着，他情绪激动起来，自己都没有注意到，讲话声音都多了几分哽咽。

闪闪听到了，正想回身问问情况，可是她被馨云老师的手拉住了，馨云老师摇摇头，说："我们走我们的路，让他们走他们的。"闪闪似懂非懂。

江河老师停下脚步，拍了拍范福元的肩膀，鼓励地说："改变很难，小伙子你做了很多，要有信心。"他诉说着自己多年以前来红星村的时候村庄的样子，还有几次与闪闪、石晓磊、金辰和方一闻的相遇的情景，包括这次和馨云再次来到红星村，其实他能感受到细微的变化，但是要真正改变，不是一朝一夕就能轻松实现的。

他蹲下身、捧起路边的一株水稻说：“就像水稻，要经过风吹雨打、自然筛选，才能长出优质、饱满的颗粒。”他站起身，接着说，“长成以后呢？其实这才是百姓关心的问题，有多少收益？能让他们的生活改善多少？”

一路上，江河老师把自己所闻、所学、所悟，都和范福元进行了分享，就像是在上一堂田野课。原来江河老师还给不少企业做过顾问，他经历过农业发展带来的巨变，除了如何选优育种以外，如何打造品牌、如何实现作物种植的产业化和集约化，以及如何推广运营，对他来说里边都是学问。

范福元虽然在村里工作了几年，但是江河老师说的一些理念和做法，他还是第一回听到。他恨不得把这些他听到的真知灼见一下子全放到脑子里，笔记根本来不及记。

“一口吃不成胖子，你和晓磊先把根子上的关键，就是红星村的大米，给优化好，以后再来找我吧。”江河老师快步走上去，和馨云老师并肩而行，两个人相视一笑。

“红星村的湖边景色可美了，我第一次听方一闻吹葫芦丝就是在那里，就在前面。”闪闪左看看、右找找，没有看到方一闻的人，但是葫芦丝的旋律先传到了耳朵里。

今日湖面很平静，柳叶发出了嫩芽，鸟儿沿着岸边的石子路溜达，桃花长出了花苞，淡淡的花香给画面增添了一层朦胧的美。方一闻依旧穿着她最爱的浅绿色长裙，倚在草坪边的石头上，面朝湖面，闭着眼睛吹着葫芦丝。

“这就是方一闻。”江河老师向馨云老师介绍说。

“嘘。”馨云老师摆摆手，让江河老师不要说话了。这多好啊，比视频里刻意的摆拍、装饰自然多了。景，是自然的；人，是自然的；吹出来的曲子，也是归于自然。

金辰急匆匆赶过来，闪闪指了指方一闻，做了一个开拍的手势。金辰愣了一下，说：“这就是最普通的画面，还只能拍到背面，确定这么拍？”范福元点点头，把最佳拍摄角度让给了金辰。

一曲结束，馨云老师带头鼓起掌来。方一闻因为耳朵听不到，没发现身后来了这么多人。葫芦跳到她身上，她才回过头，看到了闪闪，看到了大家。闪闪又负责互相介绍了一番。

方一闻知道馨云老师，双手扶着石头，想要回到轮椅上去。馨云老师快步走过来，拍拍她的手，竖了一个大拇指。方一闻一直担心拍的视频不好，参加不了比赛。

馨云老师点开金辰刚才拍的视频，觉得背景清新、旋律优美，特别好，嘱咐金辰把视频拷贝下来，发到邮箱里，用来参加比赛。这是她第一次来红星村，除了泥泞的道路和一些堆着的垃圾，其他她都挺喜欢的。

热情淳朴的村民、水天一色的湖泊、桃花翩翩的园子，都带给她扑面而来的视觉、触觉的灵感。“老师，江河老师说您吹得可好听了，我们都想听听呢。”闪闪说道。

馨云老师大大方方拿出随身携带的笛子，吹了起来。灵动的音符从白净的指尖流淌出来，化作轻盈的蜻蜓，在湖面上点点脚印，又升到空中。范福元对音乐一窍不通，但是此刻他领会到了音乐的魅力。

“这是个不错的地方，下回我带学生们来。”馨云老师收起笛子。她的家乡也是这样一个小村庄，有水、有林。因为学业，她已经很多年没有回过家乡了，来到红星村，一股莫名的亲切感让她对这个地方的人多了几分好感。

她也经历过村庄的落寞，但是同样收获了大自然的馈赠。家乡的山水田园给予她心灵上源源不断的滋养，这对她之后的音乐创作打下了基础。对此，她是感激的。

她看着历经磨难、依旧用心用情演奏的方一闻，仿佛见到了儿时的自己，或者说方一闻比她还要坚韧、还要不屈，可这不屈没有带到音乐中，而是随着岁月的流逝，化作了和解与平静。这是极其难得的。

闪闪高兴地说：“那岂不是以后能经常见到老师了，太好了！”闪闪被音乐熏陶得头晕乎乎的，接着问，“我也想学乐器，老师可以收我为徒吗？”馨云老师笑着刮了一下闪闪的鼻子。

范福元听了馨云老师说的话，立马受到新启发：是啊，红星村可以吸引有艺术特长的学生和老师来这里创作，准确地说是主题创作。有了知名度，人流量就大了，就可以配套建设一些生活娱乐场所，带动村民自主经营，也算是拓宽了增加收入的渠道。

老师们走了，留下了沉思中的范福元和兴奋的闪闪，也留下了一片关于红星村未来的蓝图，是强的、富的、美的。

江河老师如约一个月来村里几回。红星村的稻米在江河老师的帮助下，产量和质量都有了提升，可是强村公司的建立迟迟没有进展，老李师傅家还是坚持不加入，范福元深知这对于村里后续整体的发展是没有益处的。

晴空万里，范福元邀请馨云老师带着学生们来村里面采风。学生们大多是城市里的，第一次来村里面，觉得红星村风光挺迷人的，再加上闪闪推动的最美庭院行动，村里的道路上、村民的家门口，垃圾肉眼可见少了很多，带相机的学生们边走边拍。

正巧遇到老李师傅在放高音喇叭。村里面去老李师傅家做了非常多次的工作，可是他就是执意不参加。村里开协商会议，让村民代表参加，民主投票表决是否加入强村公司，他也不认可，举着高音喇叭，高声放“不同意”，搞得村里面正常的会议都难以进行下去，附近的村民也被高音喇叭弄得头疼。

学生们本来还想在湖边进行创作、找找灵感，这可好，村里面乱哄哄的，根本没办法静下心来。范福元向馨云老师连连致歉，表示确实碰到了困难，但是一定尽快把矛盾处理好，让大家有一个良好的创作环境。

馨云老师对此是理解的，因为她的爱人江河老师有很长一段时间也在村里工作，遭受的不理解不比范福元少。馨云老师看着、宽慰着、支持着，坚定了江河老师坚持农村工作的初心与信心。眼前的范福元，还有很长的路要走。

馨云老师来到一闻点心店，指出方一闻演奏中的一些小问题，一遍又一遍。方一闻在老师的指点下，对于音乐的理解更深了，手中的葫芦丝吹起来也更自如了。顺利通过了初赛，方一闻的信心更足了，笑容也多了，像是换了一个人似的。

馨云老师对范福元说，如果可以的话，村里腾出块地方，作为工作室，学生们可以来这里进行创作。如果遇到比赛，还可以在红星村拍摄，对村里也是一种宣传。如果地方合适，可以出一些租金，把地方长期租下来。

范福元觉得这是个好主意，既可以宣传红星村，又可以给村民带来额外收益，还可以给村里增添艺术气息，为今后多元发展打好基础，这哪里是一箭双雕，是“一箭三雕”了。

说干就干。可是工作室选在哪里合适呢？范福元首先想到的是老李师傅家，他们老夫妻为了打理桃园方便，住到了桃园里，家里空着，而且老李师傅家周围环境好，距离湖边也近。

老李师傅听到有不算低的租金，乐开了花，热情地介绍起来。馨云老师去看了，对位置是满意的，但是里面装修过于老旧，如果租下来自行改造的话，得要不少费用。范福元清楚，让老李师傅来装修，他肯定不愿意。

好事一下子卡住了，范福元不会喝酒，可他还是找老李师傅闷头喝了一小杯。他漫无目的地走在熟悉的路上，他对这里的一草一木都有着深厚的感情，他希望这里越变越好。老李师傅不同意加入强村公司，这次有了把房屋租出去当作工作室的机会，可又没钱装修。

范福元把前后经过理了理：对啊，这不就是迈出成立强村公司的第一步嘛！先用村里的资金来垫付改造费用，然后租金按一定比例返还给村里，直到改造费用全部收回，那剩下来的软装相当于免费给了村民。后续再产生的租金也提取一定比例作为村级资金，用来建设红星村。

老李师傅听着范福元说了一通，自己算了笔账。他不明白，看上去自己只要出个房子，就像是天上掉馅饼。回到家，老两口关起门商量了半天，决定还是试试，反正也不掉肉。如果装修好了，租不出去，家里孩子回来也有个好地方住。合同马上就签了，范福元开始张罗装修。

老李师傅看小范书记这么上心，觉得过意不去。他本身会木工，就自告奋勇自己来做柜子、椅子；还有相熟的老朋友，都喊过来帮忙，有的涂颜料，有的做美缝，干得热火朝天。午饭也是老李师傅包了，收工那天，他还特意抓了桃园里的两只草鸡，大家好好庆祝了一番。

工作室开张那天，江河老师、馨云老师，还有他们的学生，都过来了，热闹极了。馨云老师和范福元一起给馨云工作室揭牌。村民们都过来看热闹，羡慕老李师傅。原本空空荡荡的三层楼房，现在一楼是会客厅，二楼是几个功能室，三楼是一个大的演奏厅，装修得简约大气，非常有艺术气息。

经过这段时间的接触，老李师傅和范福元处成了忘年交。

“小伙子，过去真是对不住了啊！”老李师傅拉着范福元，难为情地说道。

“老李师傅，什么也不说了，这是一个好的开头。”范福元以茶代酒，敬了老李师傅一杯，接着说，“其实工作室是强村公司的一个缩影，最终落脚点还是我们老百姓得实惠。”

老李师傅握住范福元的手，一饮而尽。“什么也别说了，算我一个！”

这天，范福元虽然只是喝了些茶，但是感觉像踩在云朵上一样。闪闪很久没见小叔这么高兴了，梁婕他们也挺意外的。范福元反复说“太好了，太好了”，回到房间，倒头就睡。

闪闪后来回忆，那天隔壁传来的呼噜声震天响。范福元已经很久没有睡过这么踏实的觉了。他做了一个梦，梦中，他仿佛回到了儿时，向红星村的老人们说自己会为人民服务，每家每户都可以赚很多很多钱，过上好日子。那个小小的身影，在向他招手。

方一闻接到进入复赛的消息，是馨云老师打电话到村委会，闪闪告诉她的。复赛地点在南京，馨云老师的学生也有入围的。她让闪闪转告方一闻，到时候她会安排好行程，让方一闻不要有顾虑。

彩排是需要的。馨云老师想把工作室的庭院变成模拟比赛的场地，邀请村里老老少少来当观众。范福元一看日期，正好快国庆了，借着模拟比赛，再加上几个节目，像是村里的老年舞蹈队、柔力球队的表演，雅俗共赏，办一场小型晚会。

闪闪是主持人，讲几个笑话，把场子内的气氛给搞得活络起来。接下来是范福元讲话，他讲了讲村里的变化，讲了讲强村公司的筹备进展，就把场地留给大家了。馨云老师的学生们都轻车熟路，演奏得很精彩，而方一闻有点紧张，她从来没有在这么多人面前表演过，一度想临阵脱逃。

主持人喊了很多遍，她也没有上去。梁婕在一旁负责音响，看场子气氛冷下来，方一闻的状态还没有调整过来，拿过话筒就上了场，唱得金辰、石晓磊一愣一愣的。他们没想到，低调高冷的梁婕还有另外一面。

方一闻明显受到了鼓舞，她看了一眼台下，福婶也在。一闻点心店365天没有关过门，今天是个特殊的日子，福婶早早就关了门，换上干净的衣裳，坐在前排等待。她眼前这个发自内心快乐的小女孩，在人群中发着光，福婶珍惜眼前这一切。

初秋的风是柔和的。方一闻做起深呼吸，闭上眼睛，酝酿了一会儿情绪，想象自己来到了熟悉的湖边，开始了演奏。村民们依旧有两三个闲聊的，还有小狗崽在人群里乱窜，这都没有影响到方一闻。她心里非常安宁，她知道关心和爱护她的人都在身边。

晚会很成功，而村民们最喜欢的是有奖回答环节。这个环节是闪闪想到的，因为最美庭院行动得到了村民们的配合，她想借这个机会让大家更多地了解环保方面诸如垃圾分类的知识，答对问题的还有奖品。奖品是金辰设计的带有党建品牌标志的帆布包，闪闪不明白：为什么奖品只是一个帆布包，大家就这么踊跃参加？范福元笑了笑，不说话。

那晚的夜色很美，天气也很好，范福元他们把方一闻和福婶送回家，收拾好舞台，已经快九点了。石晓磊从老李师傅家借来了炉子，自制了简易烧烤架，几个人吃起夜宵来。他们肩并肩，望着满天星斗，依旧沉浸在晚会热烈的气氛中。

闪闪问范福元："小叔，你说治耳朵和治腿，哪个简单一点点？"

范福元知道闪闪想说什么，他摇摇头，说："应该都挺难的吧。"

闪闪多想方一闻可以自己走上舞台，聆听自己演奏出的美妙旋律，感受台下观众热烈的掌声。靠福婶一个包子、一个包子地卖，需要多久才能攒够钱去治疗呢？如果方一闻的病治好了，她就可以去工作室所在的三楼开个人演奏会了。

梁婕托着腮帮子说：“我记得以前上大学的时候老师说过‘基金会’这个概念，基金会可以用来帮助特殊人群。”这一点提醒了闪闪，闪闪问范福元：“可以在村里成立一个基金会吗？”强村公司还八字没一撇，又要成立基金会，不现实。范福元否定了这个想法。

这个晚上，闪闪失眠了。她在想怎样可以更快帮助方一闻真正实现梦想。既然范福元帮不上忙，那只能自己干。最美庭院活动收到的可回收物，她攒着卖，每次卖掉换的钱有一块两块。金辰会设计、会摄影，空闲时间就去参加各类比赛，争取赢得比赛奖金。石晓磊专注学业，毕业论文被评为优秀论文，得了奖学金，也拿出来作为方一闻治疗资金的一部分。梁婕在网络上找救助过方一闻这种类型病例的公司、基金会，还把方一闻演奏的视频发过去，希望得到更多的捐款。

第九章　丰收

理想是丰满的，现实是骨感的。筹款的进度很慢，慢到水稻都成熟了，村民们快把方一闻表演时的模样忘记了。闪闪有些泄气，因为她的社会实践就要结束了，可是还没有攒很多钱，没有钱就没有办法让方一闻得到治疗。

社会实践是要提交最终成果的，她把红星村的故事写了下来，这几个月遇到的伙伴、尝过的酸甜苦辣，都一一用文字记录下来。其他同学的社会实践大多偏理论，只有闪闪不一样，红星村的故事写得有血有肉，闪闪的社会实践报告还被学校收录，刊登在校刊上。江河老师、馨云老师看到了校刊上的这篇文章，看到闪闪为了给方一闻治病攒钱的片段，就想着自己掏钱，来帮助方一闻。

但是方一闻不想让别人施舍，她想靠自己的能力去实现梦想。她已经接受了太多来自陌生人的善意的馈赠了，她不希望自己给别人带来负担。她对闪闪说："谢谢你们给我打开了一扇窗，我自己也会努力的。"

闪闪知道她说的努力是指什么，是赢得比赛，比赛的前三名是有奖金的。接下来的每一天，无论白天与黑夜，方一闻除了吃饭、睡觉，就是抓紧每一分每一秒疯狂练习葫芦丝。她手指的老茧都磨出了深深的印记，绑带绕了一圈又一圈。

比赛的结果，既出乎意料，也在情理之中。方一闻取得了前十名的好成绩，其实对于没有受过任何专业训练的学生来说，取得这个成绩已经很不容易了，但是方一闻得到消息的那一刻很失落，就仿佛泄了气的皮球：用尽全力依旧没有得到一个满意的结果，她觉得很对不起帮助过她的人们。

很长一段时间，方一闻很消沉。她不再去湖边演奏，不再和伙伴们畅谈，只是待在屋子里。福婶心疼，经过这么多事情，她了解了方一闻的梦想，看到她接触到光，光又被收走，备受打击的样子，总是忍不住心疼落泪，可是又不知道自己能做些什么。只好找到闪闪、范福元，恳请他们帮忙疏导方一闻。

闪闪带着葫芦来找方一闻，希望有葫芦的安慰，她可以暂时忘记不愉快。确实，葫芦靠在方一闻的腿边时，她的脸上偶尔会浮现出淡淡的笑意，但是更多的时候，方一闻还是闷闷不乐地一个人待着。闪闪知道，解铃还须系铃人，这个事情，方一闻只能靠她自己走出来。

馨云老师知道以后，特意赶过来，摸着方一闻满是老茧的手，说："有一个企业家，经历过和你类似的事，现在企业做得挺成功的，看到你的故事，很想帮助你。"

方一闻摇了摇头。馨云老师示意让自己先说完，于是她接着说："当然也是有条件的，就是你要参加她成立的星星公益队伍，去帮助其他需要帮助的人。"方一闻指了指自己，困惑地说："我吗，我可以吗？"

"当然可以啊！"馨云老师摸了摸她的头，温柔地说，"你可以教孩子们学葫芦丝，可以告诉他们梦想的力量，当然，如果你愿意把一闻点心店的秘密手艺贡献出来就更好了，哈哈哈！"方一闻笑了，第一次觉得自己也可以帮助别人，她想了想，同意了。

就这样，属于方一闻的收获季节来了。她一边开始接受治疗，一边开始与孩子们交心。她以音乐为翅膀，重新拥抱这个世界。

她告诉闪闪，她以后要和闪闪一样，努力帮助别人。方一闻希望自己可以成为一道光，去照亮别人的世界，就像闪闪曾经做过的那样。闪闪看着满脸幸福的方一闻，她知道这条路她们都走对了。

深秋时节，夏日的燥热褪去了。村口的银杏树叶金灿灿的，包裹着村庄的静谧与古朴。环湖大道上游客越来越多了，人们来此觅一处世外桃源，得一晌清静惬意。葫芦是养得越来越胖了，身上肉肉的，还是喜欢和旺财打打闹闹。

红星村的水稻迎来了丰收。稻田泛着令人喜悦的金黄色，沉甸甸的麦浪从南到北，大型收割机马不停蹄地在田间运作。相比于人工，机械化作业省时省力。没一会儿，稻谷的香气就充满了整个村庄，福婶他们在一旁看着，一个个都竖起了大拇指。

正好强村公司试运营了，打响的第一枪，就是今年的稻米销量翻番。是的，翻番，这是范福元立下的军令状。如果没有实现翻番，那老李师傅一众人等就退出。

不过这一回，范福元一点也不愁，充满信心。他早就暗自想好了方案，大米要卖出好价钱，那必须要有品牌、有特色，红星村的党建品牌在设计之初就融入了稻米等特色元素，经过馨云工作室的宣传，红星村的受关注程度已经很高了，农业与文化、旅游是时候来一个结合，农文旅融合发展。

首先要给稻米取一个名字——小爱大米。接下来以丰收的稻田为主题，开展第一届稻香节活动，地点就设在红星村稻田旁边，主打一个沉浸式体验。就这样，“乡伴好时光”稻香节正式开始了各项筹备工作。闪闪和大学生们都成了稻香节筹备组成员。

闪闪负责开幕式相关事宜。最美庭院的孩子们排练了一首垃圾分类三句半，正好借这个舞台再次宣传绿色环保理念。村里的留守妈妈们也组织起来，准备在开幕式上来一场旗袍秀。农忙之余她们拾起高跟鞋，闪闪请来前辈学姐帮忙指导、化妆，让她们在黄土地找到别样的自己。

当然一开始留守妈妈们不愿意当众表演，用她们的话说就是“抛头露面”。闪闪和梁婕前前后后做工作，反反复复鼓励她们，还给她们播放了一支老年妈妈队表演旗袍秀的视频，她们你看看我，我看看你。许大妈先举手表示愿意加入，她说：“我这把年纪了，也来美一回试试。”这才有了红星村旗袍队的前身。

本来开幕式还设计了领导讲话环节，范福元讲了几句话，就在大家伙的掌声中邀请老李师傅上台讲两句。老李师傅绘声绘色地讲了自己家的变化，脸红彤彤的，村民们笑着鼓掌。听老李师傅老伴说，他晚上盯着当地电视台新闻，翻来覆去地看。“我这把年纪竟然还能上电视，多亏了范书记。”

梁婕负责现场氛围的烘托布置。因为网络宣传到位，来参加稻香节的不单单是本村人，还有许多外村人，甚至还有来自大城市上海的人。他们很少能见到一大片一大片的稻田，所以梁婕专门让村民们开着割稻机，在稻田里收割，不少人都争相拍视频。此外还设置了制作稻草人、稻田运动会、拉石磨、稻田迷宫等游戏，孩子们与大人们一起，在金灿灿的稻田里尽情奔跑，大人们仿佛回到了无忧无虑的童年时光。

现场还安排了割稻体验活动。大人、孩子都觉得很新奇，看着老朱师傅、福婶他们熟练的动作，竖起了大拇指。还有不少农耕农具，孩子们可以在观赏农业劳作场面的同时，学习现代农耕知识。福婶虽然不明白为什么城市里的人专门跑过来看割稻子、学割稻子，但是有这么多人愿意理解和认同农事，她也觉得十分自豪。

金辰负责拍摄。江河老师的相机真是派上了大用场，开幕式开头的宣传视频也是用这个相机拍摄的。开幕式节目讲述的是红星村稻米春种、夏耕、秋收、冬藏的点滴故事，配的背景音乐是馨云老师和学生们演奏的，更为视频增添了细腻、温情的氛围。

在现场效果呈现方面，照片也是一种媒介。金辰恨不得把自己掰成两半来用，这里来个特写，那里来个合照，活动过程中还要随机采访游客，问问他们关于这次稻香节活动的感受。还好有备用电池，一整天金辰都扛着相机，肩膀都酸麻了。

石晓磊人呢？他正在一个个摊位前忙活。范书记交代了，这次稻香节是推介村里特色产品的大好机会，一定要借力打力。所以石晓磊鼓励村民们来认领摊位，这些摊位可以卖腌黄瓜、米饼、萝卜丝饼、黄桃、香梨。村民们十分朴实，定价实惠，很多游客买了特产带给家人们。

稻香节活动现场的中间有一大块草坪，不能浪费了这块空间，可是做什么用呢？闪闪想到了方一闻：可以做一场小型草地音乐节，有想要休息的游客，可以坐在草坪上，伴随着音乐，放松休息，喝一喝村民们酿的米酒，尝一尝用村民家自产黄桃榨的果汁。方一闻就坐在人群中间，享受舞台表演、接受鲜花掌声。

江河老师夫妻俩也来支持稻香节活动，还带了不少朋友来。范福元陪着江河老师再次在红星村兜了一圈，江河老师感叹道："红星村变化确实大。"他听着范福元讲述关于未来红星村的设想，发现眼前的这个不算年轻的“小伙子”眼里多了笃定与自信，江河老师知道以后的红星村会越来越好。

稻香节活动非常成功，大小媒体都报道了。稻香节活动的爆火，让游客感受到红星村农耕产品与时俱进，为村里的乡村振兴事业翻开了新篇章。红星村有自己的自媒体账号，之前通过合作写村里的一百位村民的故事，已经吸引了不少粉丝关注。活动之后，自媒体账号粉丝翻番，这对销售推广村里的特色产品很有益处，以后会有越来越多的游客慕名而来。

乡村生活吸引着在市区生活的人们前来体验，而农家乐最能留住游客。范福元希望游客不单单来村进行半日游，更可以留下来、住下来，这也是实现村民增收的一个渠道。

他去了周边不少地区，带了一份报告回来。他打算做主题民宿，在不改变村庄整体居住风格的基础上，打造现代化、体验感强、原生态的民宿群。每处民宿就是一户农家，保留锄草、种菜、浇水等原生态村民生活，让每一个入住的游客都能感受到自然、惬意的田园生活。

范福元还想借助强村公司这一平台，规划系列周边项目，比如小爱咖啡馆、小爱桃园、小爱草地音乐节等，打造一个集休闲娱乐、自然科普、生态氧吧于一体的农文旅一体化项目。

当然，这不是小打小闹，需要全面的实施方案，最好还可以得到政策的支持。范福元信心满满，他觉得自己可以做的还有许多，红星村这个鱼米之乡是多么丰饶的土地啊！

第十章　路在脚下

就这样，范福元完成了自己立的军令状。越来越多的游客来到了红星村，村里活起来了。大家都非常佩服，对范福元的计划也从一开始的抱有疑虑，到现在打心眼里认可。

又是一年春来到，一闻点心店成了红星村的网红打卡点。福婶成了点心店的代言人，笑容也越来越多。点心店里的品种除了包子，还开发了小爱大米做的米糕、野菜做的菜塌饼，还设有打米糕体验项目。

不过让福婶感到最欣慰的还是方一闻。经过治疗，方一闻佩戴了人工耳蜗，可以听到一些声音，不过双腿暂时没有更好的治疗方案，除了平时教孩子们演奏葫芦丝，她还帮忙运营村里的视频账号，用舒缓优美的音乐，陪伴大家欣赏美景。方一闻拥有了属于自己的舞台。

方一闻甚至觉得自己有点贪心，可是又忍不住畅想，也许有那么一天，自己真的会站在属于自己的舞台上表演，还可以和许多孩子一起登上舞台，一起绽放属于自己的光彩。

江河老师和馨云老师也常来红星村，带来了很多朋友、学生，来村里参观、游玩。他们打心眼里愿意在这片淳朴的土地上播种，见证开花结果。他们没有孩子，但是把每个学生、每个热爱生活的孩子，都当成自己的孩子，用心对待。

虽然农科院和红星村距离不算太远，开车也方便，但是江河老师他们还是决定买下一套村民的房子，打算长期居住在这里。馨云老师是个爱花之人，方一闻就坐着轮椅找来了许多漂亮的野花，每日点缀着庭院，馨云老师家的院子成了名副其实的“最美庭院”。

村民们也有了变化。在村委会的带领下，村里的银杏树下、桥边，都开设了板凳课堂，老党员、老同志作为宣讲员，用通俗易懂的语言讲述红色小故事、历史上的红星村。最美庭院也衍生出来了亲子阅读、雷锋便民等一系列村民自发的活动内容。

村里引入了知名企业，比如高端、专业的家纺供应商，红星村的产品大多销往国外。有了好的企业，就有更多优质的岗位，就能吸引越来越多的青年人、壮年人回到这里工作，为家乡建设做贡献。

范福元的成绩被领导看在眼里，他被推荐去更高的平台发展。村民们听闻了这个消息，都舍不得他离开，就联名写了请愿书，恳请范书记在村里再多待几年。说实话，范福元也舍不得这些可爱的村民，他还有很多想法没有付诸实践，村里还有很多空间可以去打造，红星村更好的未来还在路上。当然，有了领导的认可，范书记大展身手的空间就更大了。

淀山湖以湖为名，有近百个大大小小的湖，它们纵横交错于此，水滋养着这方土地。环湖大道在镇上的大力支持下变了模样，垃圾少了，环境好了，湖水变得清澈见底，像是江南女子换上了素雅的新装，湖心一座木屋，在落日夕阳的映照下，显得古朴而动人。草坪上打造了一片真爱码头，两颗大红色的爱心如相爱之人一般紧紧相拥，给人希望、传递美好，不少新人会来到这里拍婚纱照。

范福元有时走过真爱码头，村民们会调侃他两句：“范书记，什么时候吃你的喜糖啊？我们大家可都等着呢。”每到这种时候，范福元就笑笑，开个玩笑就过去了。闪闪也好奇，都过了三十岁了，小叔怎么一点都不着急呢？闪闪提出疑问，范福元刮了一下闪闪的鼻子，说：“小孩子，你懂什么。”

有骑行队伍慕名而来，在宽敞的环湖大道上骑行。他们在大自然中间，大口呼吸新鲜空气，沉醉于天然氧吧。沿途还有各色花卉汇聚成汪洋般的花海，每到春天，花草飘香，令人如痴如醉。

也有不少露营的。有的设备齐全，硕大的天幕、便携桌椅、茶水，围炉煮茶，惬意极了。也有三两好友，简简单单一块野餐垫一铺，手机放一首音乐，闭上眼，享受日光浴，吸收来自土地的能量。

有了人气，淀山湖的美自然被更多人了解。古村落的历史遗迹、现代化的民宿雅居，一步一景、白墙粉黛，江南水乡独有的韵味在云水间自然绽放。闪闪最喜欢的，还是在落日余晖中漫步于已知或未知的角落，用心感受泥土的芬芳，不自觉地将脑袋放空，不再去想烦心事、糟心事。

闪闪是练长跑的，自从来到红星村以后，她和跑友们念叨最多的就是环湖大道了。经过她的宣传，跑友们都兴致勃勃，想要一睹淀山湖环湖大道的风采。这个时候，环湖大道的硬件、周围的环境都有了变化，如果举办一场马拉松赛事，地点就设在环湖大道，那这个影响力可就大了。

不过这就需要协调很多部门，闪闪把想法和范福元一说，范福元觉得是个好主意，但是需要的资金不少，最好能够得到政府的支持、爱心企业的帮助，不然很难办成功。

恰好有专业的体育公司，通过视频号了解到了红星村和环湖大道，主动联系过来。有了专业团队的帮助，环湖马拉松计划实施起来就顺利多了。范福元邀请镇上的旅游公司、宣传与文体等部门，设计了一条串联起环湖八景的环湖赛道，让马拉松爱好者可以穿行于绿水树荫间，沿途有真爱码头、花海公园，边跑边赏，尽情拥抱淀山湖的运动魅力。

春和景明，马拉松赛事如约而至。来自全球多个国家和地区的马拉松爱好者齐聚淀山湖，火热开跑。大家对着镜头热情挥手、挥舞旗帜、做拉伸运动，一个个摩拳擦掌，准备跑出自己的好成绩。发令枪声响起，伴着动感音乐，选手们如浪潮一般涌向赛道。

赛事计划中也设置了欢乐跑，欢迎广大想要参与、尝试马拉松的人们。队伍里有孩子，舞动着手里的旗帜开心地奔跑；有青年朋友，拍照记录下挥洒汗水的时刻。半马草坪、金家庄湾、真爱码头、花海公园、音乐广场、淀湖扬帆、银杏大道、淀湖夕照，只一瞥，已然能感受到淀山湖独有的魅力。

路边，村民们为选手们喝彩，目光追逐着跑在第一集团的队伍，猜着是穿红裤子还是蓝裤子的获得第一名。也有抱着孩子来看比赛的，一声一声喊着加油，喊得参与者加快脚步、热血沸腾。也有来当志愿者的村民，每个补给站的饼干、水果、水瓶都放得整整齐齐。活动结束，大家自发收拾干净，什么垃圾都没有留下。

闪闪也报名参加活动了，她带着一群人举着红星村的特色宣传板，一路跑、一路宣传。范福元看到后摇了摇头，说："这范闪闪，总是不走寻常路。"石晓磊、梁婕也在后面跟着跑，石晓磊有点胖，跑起来气喘吁吁，可是一想到自己代表红星村，想到自己和金辰打的赌，就抖擞精神，继续拖着双脚向前奔跑。

金辰比较了解自己，借着要拍照的理由就没有报名。他觉得如果自己去跑，肯定到不了终点，他觉得石晓磊也到不了终点。石晓磊平时脾气好，不倔，可这回他非要打赌。

"如果我到了终点，哪怕爬过去，都算我赢，怎么样？"石晓磊伸出小拇指。

"没问题。"金辰笑了笑回答。其实他心里还是觉得自己不会输。

可是他不知道的是，接下来的每个中午，石晓磊都跟着闪闪跑步，跑过村庄的每一座桥，跑过湖边的每一寸土地。葫芦也跟着他们跑，跑累了就跳到方一闻的腿上休息。方一闻是葫芦的补给站，总能变出好吃的来。闪闪羡慕极了，方一闻笑她连葫芦的醋都吃，又立马从帆布包里掏出矿泉水和饼干。

虽然每次石晓磊都跑不过闪闪，鞋底磨平了，肚子上的肉也没能减下来，不过经过锻炼，他的耐力确实增强了不少。天色暗下来了，距离开跑已经好几个小时过去了。石晓磊咬着牙，跑完了马拉松全程，他几乎是最后一个跑完的，有的人跑到一半就打退堂鼓了。

闪闪他们在终点线处等着石晓磊，都给他竖起了大拇指，尤其是金辰，对石晓磊刮目相看。后来再遇见，聊起，金辰都会夸石晓磊是条汉子。

时间过得很快，到了闪闪社会实践结束的时候了。最美庭院行动已经开展很久了，整体运行相对成熟了，她把队长的任务交给了村里的一个留守女孩——燕子。燕子是留守儿童，闪闪嘱咐燕子，要坚持下去，不管是学习，还是最美庭院行动。年底的时候办一个最美庭院评比，让大家更有积极性。

闪闪去找方一闻，方一闻正巧不在，她把自己的电话号码留给了福婶。她不舍得走，这几个月的经历，是她在书本上学不到的，如此鲜活、如此饱满。她偷偷拷贝了一份晚会的视频，有村民们热情的答题，有梁婕及时的救场，有方一闻勇敢的表演。之后闪闪去了新媒体公司，也举办了很多场完美的晚会活动，可这一次的活动是她最难忘，也是最喜欢的。

闪闪跟在范福元身后在村里走着。新的一季水稻又开始种植了，老李师傅、老朱师傅身体依旧硬朗，在慢节奏的步调里过日子。看到闪闪，他们笑着打招呼，不知不觉间，闪闪变成了村庄的孩子，村庄也成了闪闪心中在意的角落。

闪闪慢下脚步，眼眶里泪水直打转，带着哭腔对范福元说："小叔，我舍不得走，要是可以一直留在这里就好了。"

范福元没说话，这几个月闪闪的成长他看在眼里，她不再是那个无理取闹、自说自话的闪闪了，变得有担当、有想法，她的未来是星辰大海。红星村只是她成长道路上的一颗星星。“欢迎你随时来，我们也会一直在的。”范福元摸了摸闪闪的头，安慰道。

还有梁婕、金辰、石晓磊、方一闻，一想到伙伴们一起并肩走过的青春、一起笑过哭过的岁月，闪闪就更加舍不得了。虽然相处的时间比学校里的舍友们短，但是产生的情感更丰富、更浓烈，这是闪闪没有预想到的。她调侃起自己来：“和方一闻待在一起的时间长了，怎么也多愁善感起来了。”

除了小伙伴们，闪闪最舍不得的就是葫芦了。葫芦从一只小奶猫，到现在长得壮壮的。葫芦像是知道主人要离开了，它扑在闪闪的怀里不肯离开。闪闪温柔地抚摸着葫芦，念叨着：“你要好好的，陪着方一闻，我会回来看你的。”

闪闪不喜欢煽情，临走前一天，她只想一个人静静地再看一看红星村，连范福元也没叫。这里的树、花、路，再联想起第一回来到村里时的情形，村里的变化真大啊，都快认不出来了。

闪闪想得太入神，压根没注意到乌云飘过来了。路人早已到了屋檐下躲雨，闪闪没有带伞，马上要被淋成落汤鸡了。这个时候，一个熟悉的声音传过来——“闪闪”。

是方一闻。

闪闪习惯性地招手，后来想到方一闻已经可以听得到一些声音了，就大声地喊话回应她。闪闪推着方一闻，奔跑在村庄的小路上，一路狂奔到了一闻点心店，两个人头发、身上都湿漉漉的，互相对视笑了起来，一如最开始认识时那样。

福婶从里屋拿出两条纯白的毛巾，再端了一盘子菜塌饼过来。福婶一边给方一闻擦汗，一边念叨：“多大的人了，还像个孩子。”方一闻做了个鬼脸，不知不觉间，她变得像闪闪那般开朗，和福婶之间也不再互相小心翼翼了，真好。

不远处，闪闪抬头看去，只见范福元带着几个人走了过来。恍如回到了在一闻点心店的时候。“我们肯定要来送你啊，闪闪！”“对啊对啊。”大家你一言我一语地说起来。

梁婕还是话不多，跟闪闪走在一起，她对闪闪说很快就能再见面。这段时间她在基层工作中，觉得遇到很多难题和困惑，她没有办法自洽，渴望更多的信息与知识，所以她打算考研究生，再沉淀一下自己，再想一想自己未来的规划。

一开始她有点担忧：范书记会不会反对。毕竟村里面的事务才刚刚上手，磨合得也差不多了，自己的离开会不会造成不良影响？一时间心理包袱挺大的。出乎意料的是，范福元听了她的想法后很支持，他希望梁婕能看到更大的世界，去领略更多的美好。当然，红星村也欢迎她归来。

后来，闪闪就回到学校，忙着学业、实习，撰写毕业论文、投简历、面试、考试，忙得脚不沾地，很长一段时间没有再回红星村。舍友们各自忙碌，其中有一个在备考雅思准备出国，有一个准备回老家工作，其他两个准备考公、考研究生，每天泡在图书馆。

范福元也很忙，村庄的整体提升方案还需要再打磨。镇上领导也支持他，觉得他能力不错，把镇上的一些农文旅项目交给了他，希望他能两边兼顾，所以他也没时间和闪闪细说村里发生的事情，闪闪就没有办法一直得到村里最新的消息。

直到在范福元的婚礼上，大家才又再次重逢了。范福元一直忙着工作，家里人实在催得紧，终于把自己的个人问题提上了日程。他的爱人是馨云老师的一个学生，可有气质了。大家都调侃新郎官，说他工作爱情两不误。

范福元赶忙作揖，说："爱人是馨云老师介绍的，感谢大家的祝福，感谢！"

婚礼上，江河老师和馨云老师也来了，他们是婚礼的见证人。馨云老师依旧一身旗袍，满含深情地说着两个新人相识、相知的故事。原来新娘子在那次晚会之前就知道范福元的名字，后来成立馨云工作室，她成了工作室的主力，经常来红星村，与闪闪、梁婕也沟通过工作。听闪闪念叨范书记小时候的事情，再看他现在一本正经的样子，好感就萌生了。

馨云老师也喜欢这两个年轻人，就索性好事做到家，找了个机会，给二人牵线搭桥。范福元从毕业到工作这么些年，也不是没人给他介绍对象，但是他总说工作忙、工作忙，加之难得有看对眼的，也因为范福元放别人鸽子、一心回村忙村里事，结婚的事就拖延了下来。

江河老师是知道范福元的性格的，想当年自己也是差点错过了馨云老师，所以他接到馨云老师的指令，下定决心这回一定不能让范福元错过良缘。江河老师发话了，范福元认真起来，感觉自己确实也老大不小了，是应该在个人感情上花些时间和精力了。

这么算起来，红星村也算是两个新人的大媒人了。范福元回村工作，遇到江河老师，江河老师又告诉给馨云老师，成立馨云工作室……种种机缘，才促成了他们的佳话。

闪闪捂着嘴直乐：怎么这段故事自己没发现呢？范福元一改工作上的严肃，满眼的柔情溢了出来。

婚礼是在村里办的，简单而又温馨。村民们都过来祝贺，范福元乐呵呵地递上一把喜糖。两边的长辈坐在一张桌子边，都是眉目和蔼的老人，有分寸、有礼貌，期待着小辈们往后的日子红红火火。范福元从不喝酒，但是这次婚礼他一杯接着一杯喝，等敬酒敬到闪闪这一桌的时候，范福元的脸已经红得像大灯笼了。新娘子轻轻扶着他，在一旁给他擦汗，范福元嘴角一直咧着笑。

讲起来，闪闪是亲戚，应该和男方亲戚坐一桌。但是她不，她要和曾经的伙伴们坐一桌。闪闪的妈妈也理解，她也想看看闪闪电话里一直说起的孩子们长什么样子。

这么久没有见到大家，闪闪前一晚都激动得睡不着，再次翻看那天晚会录制的视频，熟悉的声音还一如昨天听到的一般在脑海中浮现。一晃又是几个春天过去了。大家是否还和过去一样，会不会陌生，会不会尴尬？一向自来熟的闪闪竟然有些不知所措。

果然是想多了，丝毫没有想象中的尴尬。金辰来了，他在村里待了一年多，后来他就没有在村里工作了。他设计的参赛作品被一家挺大的公司看中，不论是薪资还是发展前景都不错，把他挖走了。不过金辰空余时间也会帮着范福元设计村里的产品包装，红星村的冰箱贴、书签、人物摆件的设计都有金辰的功劳。

不过金辰确实胖了一些，肚子也大起来。闪闪调侃他："当了设计师，怎么人也胖了。"金辰笑笑说："看来得和晓磊多比赛，减减肥了。不然马拉松又跑不过他了。"

石晓磊算是半个红星村人了，因为只有他还继续留在村里。在江河老师的指导下，围绕红星村的稻米迭代更新，他写了几篇不错的论文。在他们同一批的同学里，他算是坚持本专业的。他人还是黑黑胖胖的，讲起话来多了一些老成，少了一些腼腆。闪闪是羡慕石晓磊的，他的梦想与现实是比较契合的，他可以在红星村广阔的天地里施展才华，这一方土地对他来说也是精神上的一种营养富集之地。

梁婕没有来，她考上了研究生，研究方向和"三农"发展相关。她最近在国外参加社会实践项目，赶不回来。不过她录了视频，祝贺曾经的小范书记新婚快乐、早生贵子。视频那头的她，笑容爽朗，也许她也正在寻找自己前途的道路上前进着。

闪闪的目光一直在寻找方一闻，心想怎么没看到她。这次闪闪最想见到的就是方一闻了。

婚礼前半段结束了，司仪宣布接下来是特别表演。闪闪心想估计是司仪自己唱流行歌曲，所以没留心，光顾着吃刚上桌的西芹百合了。五颜六色的灯光忽然切换成统一的白色，国风音乐响起，闪闪抬起头，舞台上出现了一个熟悉又陌生的身影，是方一闻！她竟然站着演奏！

方一闻穿着阔腿裤、中式上衣，拿着熟悉的葫芦丝，尽情吹奏着。她吹奏的曲子是《春江花月夜》。这就是闪闪梦中的画面啊！闪闪揉了揉眼睛，不敢相信梦想照进了现实，眼眶里泪水在打转：这么大的好消息范福元竟然没有提前说，这个惊喜也太令人惊讶了吧！

金辰举起相机，激动地记录下方一闻的模样。镜头里的她大睁着眼睛，自信地笑着，金辰也笑了。都说男儿有泪不轻弹，只是这一刻他觉得非常感动，不知道从什么时候起，他对这个坚强勇敢的女孩子有了不一样的情愫。

金辰是专业的，手虽然颤抖，但手里的相机拿得很稳，他这次已经在村里拍了不少照片，再加上方一闻站着演奏的照片，可谓不虚此行。这个相机是他新买的，他打算送给江河老师留作纪念。

方一闻其实早就看到了闪闪他们，她一直在后台准备。透过门缝，她看着这场热闹的喜事，看着一起淋过雨的闪闪，再看了看镜子里自己的变化，有点紧张，又有点兴奋，她不知道闪闪看到她现在的样子会是什么反应。其实装上假肢没有太长时间，因为长时间坐在轮椅上，她花了很多精力去学习走路与平衡。婚礼的舞台是有两级台阶的，福婶想要扶方一闻上台，但方一闻坚持要自己走上台，她相信自己可以做到。

熟悉的旋律因为情绪的波动顿时慢了两拍，不过方一闻很快调整过来。她要告诉闪闪，她已经实现了自己的梦想，虽然是假肢，但是可以站起来了，曾经被关上的门以另外一种形式打开了。

闪闪捂着嘴，几乎快要喊出来，却又觉得没有力气喊，复杂的情绪充斥着她的大脑、血液。她太为方一闻感到高兴了：她终于可以在这个村庄，实现人格与身体上真正的独立，和湖水相伴，与自然拥抱，以全新的面貌感受全新的红星村。

范福元把葫芦也带过来了，葫芦一下子认出了主人，跳到闪闪怀里撒娇。葫芦成了村里的吉祥物，虽然闪闪没有机会回村，但是葫芦的身影可以在村子的视频号里看见、在游客们的照片里看见、在梦回桃园时遇见。

这天晚上，从不喝酒的范福元喝了不少。宴席散了，亲戚、村民们陆陆续续走了，家家户户的灯亮了起来，路灯也亮了起来。葫芦在闪闪怀里假装睡觉，拍它的屁股也不作声。剩下的伙伴们也默契地不想离开，想在村里再待一会儿。

闪闪想回到多年前曾经到过的湖边露营。没有了舞台上喧闹的音乐与晃眼的灯光，大家终于可以安静地坐在熟悉又陌生的湖边叙旧了。今天的湖很安静，路上散步的人三五成群，孩子们张开手臂，迎着风奔跑。

一晃几年过去了，每个人都有外貌上的变化。石晓磊皮肤更黑了，留寸头显得挺精神。金辰穿搭很随性，举手投足有设计师的范了。方一闻当然是变化最大的。聚在一起，聊过去的趣事，讲现在的故事，道未来的理想，仿佛每个人都找到了属于自己的方向。

福婶还是一如既往泡了大麦茶，还用在湖边挖的野菜做了菜塌饼。方一闻热情地给大家夹菜塌饼，骄傲地说："我妈做得可好吃了！"闪闪笑了：真好啊，这里变化很大，然而很多事情却还是没有变。

离开村子，车开得很快，闪闪捧着手中包得好好的菜塌饼，回望着这片土地，心里暗暗想：会回来的，我会回来的。她脑海中浮现出自己大学毕业时写的文章，名字就叫《红星闪闪放光彩》，老师斟酌了许久，最终建议修改成《红星又一村》。

晚上，闪闪做了一个梦，梦到自己回到了红星村，回到了那段青葱时光，回到了与伙伴们并肩作战的时刻，那是青春的、奋进的、不屈的感觉。